公主傳奇

35

公主的綠野仙屋

馬翠蘿　著
麥曉帆

新雅文化事業有限公司
www.sunya.com.hk

人物簡介

周曉星

周曉晴的弟弟，一個風趣幽默的淘氣精，不時有天馬行空的奇怪想法。

馬小嵐

來自香港的烏莎努爾公主，聰明美麗、正直善良。敢於向困難挑戰，最喜歡說的話是「天下事難不倒馬小嵐」。

⊹ 萬卡 ⊹

烏莎努爾公國第十九代國王，風度翩翩、英勇果敢。是國民眼中的好君王，小嵐和曉晴曉星心目中的暖心大哥哥。

⊹ 周曉晴 ⊹

馬小嵐的好朋友，漂亮活潑，喜歡打扮，最常做的事是和弟弟鬥氣。

目錄

第一章
暑期計劃

「太陽天空照，花兒對我笑，小鳥説，早早早，你為什麼這樣煩惱……」一大早，就聽到曉星在花園裏吼歌。

對，就是吼歌。不是唱，是聲嘶力竭地吼。

小嵐和曉晴從餐廳裏並肩走出來，往花園走去，邊走邊吐槽那個孩子。

「噪音啊！」小嵐「嘖」了一聲，嘲弄説。

「他把人家的歌詞都改了。」曉晴撇撇嘴説。

這時，曉星又開始吼另一首歌了：「最近比較煩，比較煩，比較煩，總覺得日子過得有一些極端，我想我還是不習慣……」

小嵐和曉晴這時已經走進了花園，聽到曉星的歌聲裏夾雜了一些奇怪的「哼哼唧唧」和聲。

一看，曉星仰面朝天、成「大」字形的躺在草坪上，嘴巴張得大大的吼得正起勁。而他旁邊是小香豬

笨笨，牠正合着曉星歌聲的拍子，昂着頭張着大嘴發出豬叫。

見到兩個姐姐走來，曉星一骨碌坐了起來。小嵐沒好氣地説：「大清早鬼叫什麼？」

曉晴揶揄地説：「太閒了吧，吃飽飯沒事幹！」

兩人在曉星身邊坐了下來。

曉星一臉的委屈：「人家真的煩嘛！眼看悠長暑假到了，還沒有想到有什麼好玩的。本想再來一趟穿越時空旅行，但那破時光機又不爭氣，我剛才去看了看，還是半死不活的，充不上電。」

曉星覺得自己的煩是有理由的。老師安排的暑假作業，以他聰明的腦子，飛快的手寫速度，幾天就能完成，所以能剩下很多時間。要知道，「一寸光陰一寸金」啊，如果不好好利用，他都覺得很對不起自己。

曉晴想了想，也是啊，這個假期怎麼過，也該提到議事日程上來了。她看着小嵐，説：「小嵐，你説咱們暑假幹些什麼好呢？」

這的確是一個問題。小嵐一隻手抱在胸前，另一隻手撐着下巴，眼睛眨呀眨的，也鄭重地思考起來。

曉晴和曉星不自覺地也學着小嵐的姿勢，坐在那裏想呀想。

　　小香豬笨笨見了，三個小主人姿勢好酷啊，我也要學。可惜，牠的爪子太短了，學了半天也沒成功。

　　一個碩長的身影向他們走來，原來是萬卡國王來了。日理萬機的他，偷得浮生半日閒，來看看可愛的小伙伴們。

　　遠遠見到那三個傢伙姿勢一樣地坐在草地上，旁邊還有一隻不知在折騰什麼的小香豬，不禁覺得好笑，於是大喊一聲：「嗨，在想什麼了？」

　　「萬卡哥哥！」三人在草地上高興地跳了起來，好幾天沒見到萬卡哥哥了。

　　曉星飛快地跑過去，一把抱住萬卡的胳膊，把他帶到草坪上，四個人又坐了下來。

　　「你們在想什麼了？那麼入神。」萬卡笑着問。

　　曉星搶着回答：「我們在思考一個問題，暑假可以怎麼過，可以做些什麼新奇又有趣的事。」

　　「嗯，要以前沒做過的，又有意義的。」小嵐眨着明亮的大眼睛看着萬卡，「萬卡哥哥，給我們出個主意吧！」

「對對對，萬卡哥哥一定有好建議！」晴曉曉星異口同聲地説。

「你們以前沒做過的，又有趣，有意義的⋯⋯」萬卡睟了睟眼睛，還真的想起什麼來了，「啊，有了！」

「啊，説來聽聽！」三個孩子頓時激動了，果然是無所不能的萬卡哥哥，看，這麼快就想出主意來了！

「之前皇家軍訓團活動大獲成功，參與的公主王子們，回來後都有了顯著變化，各方面都有不同程度的進步、成長。所以，教育部青少年成長教育中心準備在暑假期間，舉辦一個『學習與成長』活動，所有中學生都可以報名⋯⋯」

「哇哇，我去我去！之前小嵐姐姐回來説起她在皇家軍訓團的精彩經歷，我都流口水了。這次我一定要去！」曉星眼裏閃着小星星。

「我也去！」曉晴更多的是羨慕小嵐那身軍訓服，穿着照相真帥得不要不要的，曉晴也想穿啊！

小嵐沒吱聲，只是留心聽着。皇家軍訓團活動給她留下了難忘的印象，再參加一次也很不錯哦！

「這次活動內容跟皇家軍訓團有些不同，是培養參與者的自立能力、適應能力。活動安排每三人為一組，分別去不同的地方，有城市，也有比較偏僻落後的農村和山區。期間會設置很多難關，鍛煉參加者的學習能力和解決問題的能力。每組都會有兩名工作人員跟着，名為『守護神』，負責保護參加者的安全，及日常協調。你們有興趣參加嗎？」

「有！」三個孩子異口同聲說。

山區，農村，對他們來說是很新奇的地方，去那裏生活一段時間，肯定很有趣。另外，適應能力、自立能力和解決問題的能力，他們都有啊！

曉星埋怨說：「萬卡哥哥，這麼有趣的活動，你怎麼不早告訴我們呀？」

萬卡拍拍他的腦袋，笑着說：「還不是怕你們受不了嗎？要吃苦的。」

曉星拍拍胸膛，說：「我們不怕吃苦，小嵐姐姐，曉晴姐姐，你們說是不是？」

小嵐和曉晴一齊「嗯」了一聲。

小嵐對萬卡說：「萬卡哥哥，那你就替我們報名吧！我們三個人，正好一組。我們不怕吃苦的，所以

也不必給什麼優待，該怎麼做就怎麼做。」

萬卡點點頭。早前他接到教育部送來的計劃書時，也萌生過讓三人參加的念頭，但又生怕他們吃不了苦。難得他們有這份決心，自己是應該支持的，讓幸福中長大的孩子吃點苦頭，未嘗不是令他們更快成長的好機會。

「好吧，那我就給你們三個用化名來報名，不讓舉辦機構知道你們的真正身分。要是他們知道，肯定會把你們派到最舒適的地方，並給予最寬鬆的要求，那就不能達到訓練的目標了。」萬卡說。

「好，謝謝萬卡哥哥。我們不需要優待，這樣就失去參加活動的意義了。而且，我們一定不會比任何人差的。」小嵐信心滿滿的。

「嗯！」曉晴兩姐弟使勁地點着頭。

萬卡心裏很是安慰。自從來了烏莎努爾，這幾個孩子都是享受王族待遇，住最好的，吃最好的，有很多人侍候着。但這樣的生活並沒有讓他們沉迷享受，恃寵生驕，他們仍然保持一顆平常心，從不認為自己高高在上，可以為所欲為。他們始終嚴格要求自己，努力讓自己變得更加優秀。

他心裏有點激動，忍不住伸手抱了抱坐在旁邊的小嵐，拍了拍曉晴的肩膀，摸了摸曉星的腦袋，用不同的方式，表達了他對三人的讚賞。

第二章

侯安發現的秘密

又一個陽光明媚的早晨。

「太陽天空照,花兒對我笑,小鳥説,早早早,你為什麼心情這樣好⋯⋯」曉星又在唱歌。

他總喜歡用歌聲表達自己心情。他今天的確心情很好,因為,他和兩位姐姐一塊參加的那個「學習與成長」活動,今天要開始了。

從下車的地方到集合的市中心體育館,要穿過一段五六十米的禁車區,三個人都拉着一個小行李箱,背着一個背囊,曉星在前面走着,邊走邊唱歌。兩個姐姐在後面跟着,對那臭小孩嗤之以鼻,他又改人家歌詞了。

按照通知上説的,他們必須在九點前到達市中心體育館。在聽過教育部長一番勉勵之後,他們就要開始行程,按之前分配好的,奔赴不同地方。

「我們被安排去尼博村,尼博村是個什麼地方

呀？我昨天打開地圖找了半天，都沒找到這個村子。」曉星唱完歌，扭頭對兩個姐姐説。

「笨蛋！地圖上不會連一個小村子都寫上的。」曉晴從不放過任何一次打擊弟弟的機會。

「嘻嘻，也是哦。」在三人組裏處於弱勢的曉星，只好認輸。

走到市中心體育館入口時，小嵐説：「注意，戴好裝備！」

「是！」曉晴曉星答應一聲，馬上行動，從背囊拿出太陽眼鏡和鴨舌帽。

他們把帽子戴上，把帽檐盡量壓低，再把大大的太陽眼鏡戴上，三張小臉被遮住一大半，互相都幾乎認不出來了。

這是他們事先商量好的。盡量不暴露身分，越遲暴露越好，這樣就省了很多麻煩。自己自在，別人也自在。

哈哈一笑，再一擊掌，三個人得意洋洋地走進了體育館會場。已經來了很多人，都是來自全國各地的十五到十八歲的青少年，他們都是從報名的學生中被挑選出來的幸運兒。

少年人打打鬧鬧、說說笑笑的，廣場上洋溢着青春活力，展示着幸福美好。

三人組走到一棵枝繁葉茂的大樹下，小聲說着話，盡量不引人注意。但他們沒想到，自己的舉動已經落入一個人的視線內。

這人叫侯安，是教育部中學支援處的工作人員，也是「學習與成長」活動的其中一名「守護神」。等會兒，他會隨其中一個小組出發。

今天他還兼了一個工作，就是大會主持。這時，他正站在舞台上，拿着麥克風調試音響。調試好之後，他想了想，做了一件多餘的事，從口袋裏掏出一個新買的微型望遠鏡，慢慢地調整着，想看看能望多遠。

他打算帶着這副望遠鏡去參加活動的。天知道那些學生哥會不會因為怕苦怕累逃走，到時，他就會用望遠鏡去「千里追蹤」，讓他們無所遁形、束手就擒。

能見度相當的不錯哦，先望到遠遠的高樓，再望見高樓下車水馬龍的大馬路，然後拉近到市中心體育館入口處……

咦，那裏有三個小傢伙在幹什麼，要搶銀行嗎？鬼鬼祟祟的，又是戴帽子又是太陽眼鏡，分明是想掩藏面貌。咦，那名個子最高的小姑娘好眼熟，他心裏一愣，公主？！可是，沒等他再看清另外兩個人是誰，那三個人已經齊唰唰把眼鏡、鴨舌帽全戴上了，這下好了，根本看不出模樣了。不過，有公主的地方，就有她兩個好朋友，另外兩人是誰，侯安也猜到了。

侯安有點疑惑，看他們的打扮，還有拉着行李箱，分明是來參加活動的。可是，名單上沒他們的名字呀！

侯安急忙跑下舞台。

舞台一側臨時搭了個大帳篷，最外面有工作人員坐在桌子前給參加活動者辦理報到，而靠裏面一點站着一大幫年青人，他們都是即將上任的「守護神」。教育部長和幾名負責人坐在一邊，悠閒地喝着茶。

侯安跑向教育部長：「部長先生！部長先生！」

「幹什麼？氣急敗壞的。」部長瞪了侯安一眼。

「公、公主來了！」侯安被部長那一眼嚇得結結巴巴的。

「什麼，公主來了？」部長趕緊站了起來，朝外面張望。

他心裏挺疑惑的，沒聽說公主要來參加動員大會啊！難道她是臨時決定的，想來鼓勵一下參與活動的學生。

侯安知道部長在想什麼，他小心翼翼地作了補充：「部長先生，公主好像不是來一下就走的，倒像是活動的參與者，她帶着行李箱呢！還有曉晴小姐，曉星先生一起來了。」

「啊？！」部長又愣了，「來參加這次活動？有三個人？你沒看錯吧？」

部長腦子一時想了很多，公主有報名嗎？沒見到她名字啊！臨時想參加，這有麻煩啊！這個活動早就作好安排，參加人數限定了，每個人去哪裏也落實了，只等開完會就出發了。臨時插進來，還三個人呢，豈不是要在參加者當中抽出三個倒霉鬼，取消活動，要他們各自回家？

這怎麼行！給那些興致勃勃的孩子身上潑去一大盆冷水，部長先生做不到啊！

可是，那位是公主啊！是國王陛下的心肝寶貝

啊，自己又怎可以拒絕她？部長先生一時糾結萬分。

這時，聽到一把清脆好聽的聲音說：「請問是在這兒報到嗎？」

負責登記的工作人員抬頭一看，咦，這神神秘秘看不到面容的三個孩子是誰呀？只有侯安跳了起來，喊道：「公、公主殿下！」

三個以為偽裝得很好的人，全都愣住了。曉星詫異地說：「你、你怎麼知道的？」

曉晴就趕緊掏出小鏡子照着自己看：「沒理由呀，我都認不出自己了。」

小嵐惱火地瞪了兩個「豬隊友」一眼，這麼快招供幹什麼？本來還可以繼續裝下去的嘛，死不承認，他們總不能扒了我們的帽子和眼鏡。

部長其實也沒真的認出小嵐，只是從她兩個豬隊友的行為裏證實了。他盯準了氣定神閒沒吭聲的小嵐，快步走過去，說：「公主殿下，您怎麼來了？」

小嵐見裝不下去了，就把帽子往上一提，把眼鏡拿了下來，露出真面目，她笑着對部長說：「來參加活動呀，我們也想鍛煉自己的自立能力。」

擔心的事情被證實了，部長心裏暗暗叫苦，天

啊，果然是給我送難題來的。他定了定神，還想作垂死掙扎，他滿臉笑容地說：「公主殿下，這個活動是要事先報名的，而且人數有限制。」

小嵐神態自若地回答說：「知道呀，所以我們報名了，也被批准了。」

部長一愣，頓時有點自我懷疑了，莫非自己得了老年失智症？忘了公主有報名這回事？

侍安還有帳篷裏的工作人員也都在懷疑自己。不過，他們還年青，離老年失智症還遠着呢，所以他們只好懷疑自己患健忘症了。

小嵐笑嘻嘻地走到工作人員面前，拿起那本簽名冊子飛快地翻着，不到十幾秒，她就停下手中動作，指着冊子上的三個名字，說：「在這裏，馬大大、周一一、周二二，就是我們仨。」

「啊！」部長先生傻了，「你們沒用本名！」

這時曉星擠上來，說：「部長伯伯，這是我們的筆名。知道嗎？筆名，就是作家寫文章時，給自己起的名字。我和小嵐姐姐都是作家，所以都有筆名。至於我姐姐嘛，她的確不是作家，她是湊數的。」

「什麼湊數，揍你才真！」曉晴眼看要發飆，嚇

得曉星趕緊躲了。

原來是這樣！公主殿下是有報名的，部長先生這才放了心。但是，他馬上又擔心起另外一個問題，不知道公主殿下分配到什麼地方了，如果是城市，那還好點。在城市頂多就是去街上發產品宣傳單張，或者去給食肆洗碗打掃等等，要是被分配去山區，做的事情就辛苦多了。他趕緊拿起資料，看看馬大大、周一一、周二二這三個人的去向，結果一看就傻眼了，只見上面寫着「尼博村」三個字。

「尼博村」身處偏遠山區，條件比較艱苦，幹的活也肯定比較粗重。也太巧了吧？怎麼能讓公主去這樣的地方呢！

教育部長頓時尷尬起來。怎麼辦，總不能臨時把她跟別的組調換吧？這對其他組不公平，也影響不好。因為每個組具體去哪個地方，都是發了通知的，要是臨時更改，而且還是為了照顧公主，換了誰心裏都不舒服啊！

教育部長正在糾結，曉星已經伸過頭去，用指頭點着尼博村三個字：「尼博村？哇，我看見了，這就是我們要去的地方。」

他又問教育部長：「伯伯，尼博村在哪裏的？一定是一個很漂亮的地方吧？」

部長說：「是很漂亮，但是也很艱苦。」

曉星大聲說：「很艱苦？好啊，我喜歡艱苦。『吃得苦中苦，方為人上人』嘛！我喜歡去艱苦的地方。」

小嵐和曉晴也表示認同：「對對對！」

教育部長暗暗苦笑，心想：還喜歡艱苦呢，到時有你受的。

「好了，我們已經簽到了，去開會囉！部長伯伯再見！」曉星說着，把兩位姐姐拉出去了。

教育部長無奈地看着三人的背影，一臉苦笑，心想：希望國王陛下不要怪我。我不想這樣的，誰叫公主用了假名，現在要改也來不及了。

一轉頭，看到侯安站在一旁笑嘻嘻地看着他，一副看熱鬧的樣子。心裏靈機一動，便對侯安說：「侯安，交給你一個光榮而又重要的任務。」

侯安拍拍胸膛，說：「沒問題，保證完成任務！」

「我就知道你一定不負我望。」部長拍拍侯安肩

膀，説，「我把你調到尼博村那個活動組，負責當他們的『守護神』。」

「尼博村？就是公主去的那個地方？」侯安一愣，天哪，這不是把自己放到火上烤嗎？

「守護神」是指保護參加活動的學生的工作人員，同時也負責給學生設置各種難關，直接一點，就是去「折騰」那班孩子的，得硬着心腸，還要不怕得罪人。但是，如果要折騰的金枝玉葉是小嵐公主殿下呢，那就……

「部長，這個這個……」侯安吞吞吐吐地，正在想用什麼借口拒絕。

還沒等侯安説出個「不」字，部長就笑着説：「好，那就一言為定了。你是我信得過的人，看好你哦，千萬把他們照顧好。」

「部、部長先生，我……」侯安緊張地思考着説詞。

「時間到了，開會吧！」部長才不會給侯安説話的機會呢，他裝作聽不見，大聲招呼帳篷裏的人，然後就率先走出了帳篷。

第三章
綠野仙屋

　　一輛越野車在公路上奔馳着。前面駕駛室裏坐了兩名年輕人，那是侯安和他的拍檔朱斯。後面坐着三個少年男女，他們是誰，相信你們也猜到了吧？對，就是小嵐、曉晴和曉星。

　　朱斯直到現在腦子還懵懵的，之前不是安排得好好的嗎？他和侯安這組本應是去首都郊區的芳草村，被委任為負責照顧來自其他城市學生的守護神，就在臨到出發前一刻，他才被告知換地方了。

　　換了另外兩女一男的小組，三個有着怪怪名字的、什麼大大、一一、二二的三個學生。本來這也沒什麼，換了就換了，帶誰也沒關係，可是當那三個打扮得像明星上街般的傢伙除下裝備，露出真面目時，他心裏就大呼一聲「不好！」，這是「最難侍候三人組」啊！

　　要是回去時他們瘦了，黑了，或者受點小損傷，

自己可擔戴不起啊！如果國王責備下來，那更是自己生命中不能承受之重。朱斯想着想着，心裏都開始想給自己默哀三分鐘了。

公主，公主的兩個好朋友，全是傳說中萬卡國王的心肝寶貝，接下來的一個月，自己應該要按規定下死勁地去折騰他們呢？還是要違反活動規定，網開一面，給他們大開綠燈？

朱斯心裏糾結得都像一團亂糟糟的毛線了。他看了看旁邊正在開車的侯安，小聲説：「喂，你就那麼淡定嗎？」

侯安瞪他一眼，説：「現在先別提這事好不好？路上車這麼多，你想讓我分心，車毀人亡嗎？」

「噢，不提，不提。」朱斯被侯安的話嚇了一跳，是呀，如果車毀人亡，那恐怕死了國王也不放過自己。越想越慌，眼神都變得茫然起來，一副不知所措的樣子。

侯安見他忐忑的樣子，又有點於心不忍。他用手一拍胸膛，説：「怕什麼？！一切有我呢。以後天大事情由我來擔，你只要跟在我後面附和兩句就行。」

「嗯。」朱斯向侯安投去無限感激的目光。

從首都出發，坐了兩小時飛機，下了飛機坐上越野車，在山路上彎過彎，山過山，崎嶇顛簸得令兩名守護神想吐。倒是坐在後面的三個傢伙卻一點沒受影響，全程興高采烈的。

　　遠離城市喧囂，滿眼青山綠水的，連空氣都有點香，真叫人心曠神怡！三個人吱吱喳喳地說個不停，搶着對路上見到的新鮮事物發表意見。

　　就這樣車子在路上行駛了一個多小時，來到一座青山腳下，轉入了一條鄉間黃土路。又再過了二十來分鐘，車子緩緩停了下來。

　　「三位，車子只能開到這裏了！下面的路車子進不去，得走路，不過不遠，走十幾分鐘就到。」侯安扭頭對小嵐說。

　　小嵐點點頭，說：「行，我們就走路進去。」

　　「噢，下車了下車了！」曉星咋呼着打開車門，蹦下了車。

　　小嵐和曉晴也下了車。侯安和朱斯走到車尾，打開車尾廂，把行李拿下來。

　　侯安滿含歉意地對三人說：「對不起，從這一刻起，你們就要自己照顧自己，自己解決困難了。」

「侯哥。」曉星出發前就定了稱呼，把侯安喚作侯哥，朱斯叫做朱哥，「不用說對不起。活動要求嘛，你們儘管執行，我們不介意的。而且，我們一定能自己照顧自己的。我們解決問題的能力很高呢！能力強得連我們自己都不相信。」

侯安心裏說，小朋友，你儘管吹牛皮，等一下你們就知道自己要面對什麼了。

小嵐三人拉着行李箱，走在黃土小路上，一邊走一邊好奇地東張西望，路兩邊都是田地，種了很多東西，只是他們大多都不知道植物的名字。

侯安和朱斯跟在後面，兩人小聲嘀咕着。

朱斯心裏還是有點糾結：「真要那樣安排嗎？要是他們解決不了怎麼辦？要是公主不高興怎麼辦？」

「只能那樣了。記得昨天部長跟我們開會時說的話嗎？心要狠點，不能講情面，如果我們沒按規則辦，回去要受罰的。」侯安拍拍胸口，再次保證，「不要怕，有我呢！我侯安可是鐵面無私的黑臉包公，威武不能屈，堅決按活動規則辦！」

朱斯一臉崇拜地看着侯安，說：「包大人，那我就全靠你了！」

「嗯！」侯安使勁點頭，一副很有擔當的樣子。

很快就到了目的地——一座用竹籬笆牆圍起來的房子。侯安說：「這就是你們的家，打後的一個月裏，你們就住在這座房子裏。」

「噢，我們到家了！」曉星歡呼起來。

侯安對小嵐說：「公主殿下，你們的午餐就在客廳的小儲物櫃裏，你們吃完就休息一下，等會兒我們再來找你們。」

朱斯像應聲蟲般跟着附和：「是是是，你們好好休息。」

「好。」小嵐說完，問道，「你們住哪裏？」

侯安指了指旁邊相隔不遠的一幢小房子，說：「我們就住在那裏。你們要是有事，大聲喊我們也能聽見。那我們先走了。」

「拜拜，侯哥朱哥！」三人朝兩位守護神揮手。

「新家，我們來了！」曉星推開了院子的門。

「哇，好好看啊！」大家都不由自主發出了由衷的讚歎。

一眼看去，是一個被竹籬笆牆圍起來的大院子，竹籬笆上爬滿了綠色攀爬植物，綠色中又點綴着各種

顏色的小花，好看極了。院子左邊有一個用草和竹子搭成的尖頂小涼亭，小涼亭裏擺放着竹子造的餐桌和竹椅子。小院子的右邊有一幢用紅磚砌的小屋子，屋子外面種了好些花。屋檐上掛了一串風鈴，微風吹過，發出叮叮叮的清脆響聲。大家眼裏都放着光，好喜歡這屋子啊！

「你們覺得像不像童話故事《綠野仙蹤》裏面的小屋？」小嵐説。

「像啊！」曉晴點點頭。「不如我們就把它叫『綠野仙屋』？」曉星靈機一動。

「好啊！」兩位姐姐一致贊同。

第四章

行李箱中裝了誰？

　　曉星拿出手機，左拍右拍，上拍下拍，拍院子、拍屋子、拍尖尖小涼亭，拍了很多照片，準備在社交平台發布，炫耀一下他的綠野仙屋。

　　「咦，怎麼上不到網？」曉星看着手機，驚叫一聲。

　　「啊，不會吧？！」曉晴聽了也慌了。

　　「我想是因為這裏是偏僻的山區，網絡還沒未能覆蓋到。」小嵐倒是氣定神閒的，偏僻山區沒有網絡，她已經有心理準備了。

　　「唉～～」曉晴和曉星不約而同地歎氣。

　　兩人都懊惱得不要不要的，他們都跟班裏的同學説好了，每天把尼博村裏的有趣事物拍照下來，在社交平台分享呢！現在只能等活動結束，回家以後再發送了。

　　欣賞完院子，他們又跑進了屋子裏。客廳的布置

30

很簡約，地面上有一張很大的地氈，地氈上放着一張竹子造的小茶几，茶几上有茶壺茶杯，靠牆的地方放了一個儲物櫃。

「這裏有樓梯，可以上去。」曉星興致勃勃地從樓梯跑了上去，接着就聽到了他的聲音，「哇，有四個房間啊，我們一人一間還有剩餘！也是竹子製作的牀，竹子造的櫃子和桌子椅子。我住最靠樓梯的一間，負責保護你們。」

曉星果然有男子漢氣概呢！

小嵐和曉晴也上了二樓，小嵐對曉晴説：「你住最裏面那間吧！」

曉晴看了小嵐一眼，説：「小嵐，咱倆住一間好嗎？一個人睡，我害怕。」

小嵐表示不介意：「可以啊，反正房間裏的牀很大，睡兩個人也不會擠。」

三個人參觀完雖然簡約但又十分雅緻的房子，這時大家都覺得有點餓了。想起侯安説午飯放在儲物櫃，便跑下樓，打開儲物櫃尋找。儲物櫃裏放着三包即食麵，還有三個蘋果。

「即食麵？」曉星眼睛一亮，他還挺喜歡吃這個

的。

「廚房在那裏？我們去燒點開水泡即食麵。」小嵐這才想起他們還沒參觀過廚房呢！

在客廳的一側有道小門，就是廚房了，三個人走了進去。

「這裏有碗和筷子！」曉晴指着牆上一個竹做的儲物架。

「哇，好大的鍋！」這邊曉星發現了新鮮事。

三人圍着一個直徑有六十多厘米的大鐵鍋，吱吱喳喳地發表了一會兒意見，然後又去研究鐵鍋下面的爐灶。

他們平時見到的煮食爐都是煤氣爐或者電磁爐，對這種用磚砌成的、用木柴做燃料生火煮食的土灶，覺得實在很新奇。

「小嵐姐姐，我們用這土灶燒水嗎？」曉星問。

小嵐把廚房裏的角角落落都看了一遍，沒有發現木柴，便說：「現在都快下午一點了。如果現在上山砍柴，回來再燒水的話，肚子早餓扁了。」

「啊，那怎麼辦？」曉星有點愁。

「那裏有個電熱水壺，看能不能用。」小嵐指了

指放在窗台上的水壺。

　　剛才一進廚房，她就發現那裏有個電熱水壺了。雖然款式很舊很土，但看上去應該還可以用。

　　「哇哇哇，快燒水！」曉星粗手粗腳地，一手拿了電熱水壺，就去水龍頭裝水。

　　水壺果然能用，三個飢餓的人剛把碗洗好，把麵放進碗裏，水就燒開了。把麵泡上，還要等一會兒才能吃，三個人一人捧一碗，放在客廳的茶几上，然後坐在地毯上，盯着即食麵發呆。

　　慢慢泡開的麵條發出一陣誘人的香味，引得他們都流口水了。

　　突然，聽到一些怪聲音，聲音很小，聽起來有點熟悉。大家都狐疑地互相看着，然後又東西望地找尋找聲音的來源。

　　咦，好像是從曉星的行李箱傳出來的呀？

　　「啊！」曉星忽然大喊一聲，把小嵐和曉晴嚇了一跳。

　　只見曉星跳了起來，箭一樣跑向行李箱，邊跑邊喊：「慘了慘了，怎麼就把牠忘了呢！」

　　他？！他是誰？曉星把誰帶來了，還是塞在行李

箱帶來的！小嵐和曉晴都驚呆了。

曉星跑到行李箱那裏，把箱子平放在地上，一邊做這些的時候，一邊嘟囔着：「小寶貝，委屈你了，對不起啊！」

在兩個女孩驚疑的目光中，曉星把行李箱打開，裏面跳出一個⋯⋯

「笨笨！」小嵐和曉晴大喊起來。

笨笨大概是在行李箱憋久了，走路都有點踉蹌，但這也沒妨礙牠連滾帶爬地走到茶几前，用鼻子去拱放在上面的即食麵。牠心裏委屈啊！把牠小豬豬忘在箱子裏也算了，有吃的還不叫牠，幸虧牠鼻子靈，嗅到香味了，要不很可能連麵湯也喝不上呢！

「別吃，還沒好呢！」離牠最近的曉晴一手把牠拉住了。

小嵐這時已經向曉星興師問罪了：「喂，你怎麼搞的，竟然把笨笨也弄來了！還把牠裝在箱子裏，要是牠悶死了怎麼辦？」

曉星笑嘻嘻地說：「不會死的，你看我把箱子弄了幾個洞呢，空氣足夠牠呼吸了。」

「下次我把箱子砸幾個洞，把你關進去幾個小

時，看你難不難受。」小嵐從曉晴手上接過笨笨，摟在懷裏，說，「笨笨，你沒事吧？」

笨笨小聲哼哼着表示不滿，不過牠並不是不滿曉星把牠裝進箱子裏，而是不滿主人有吃的時候卻把牠忘了。

曉晴覺得有點不可思議，說：「奇怪，怎麼一路上牠都這麼乖，一點動靜也沒有呢？」

曉星笑得很狡猾，說：「吃早餐時，我放了半粒安眠藥到牠的食物裏。」

「啊！你你你你！」小嵐和曉晴都用手指着曉星，一臉氣憤。

小嵐怒氣冲冲為笨笨抱不平：「你怎麼可以這樣做！牠還是個豬小孩啊，怎能餵牠安眠藥！你不知道安眠藥是不能亂吃的嗎？特別是小孩子，更不能吃安眠藥。」

「嘻嘻，下次不敢了。你看牠不是還好好的嗎？」曉星嘻皮笑臉的。

小嵐說：「好，為了懲罰你虐待小動物的行為，你這碗即食麵給笨笨吃吧！」

「贊成！」曉晴馬上舉手響應，「麵好了，笨

笨，來，姐姐餵你。」

笨笨聽了馬上從小嵐懷裏跳下地，朝曉晴奔去。

「啊，我的麵！」在曉星的慘叫聲中，笨笨張開嘴巴，吃了曉晴餵牠的一大箸麵。

「你，你，你怎可以這樣！」曉星悲憤地指着小香豬笨笨。

小香豬用小黑豆般的眼瞟了牠一眼，裝作沒聽見，繼續努力地吃吃吃。

小嵐「嘖」了一聲，鄙視了曉星一下，然後去廚房拿了一個碗，又從自己和曉晴的碗裏各夾了一些麵條到碗裏，放到曉星面前：「吃吧！」

雖然只有小小一碗麵，但總比一點也沒有好啊，曉星感動地朝小嵐說了一句：「小嵐姐姐，你最好了！」

「快吃，別廢話。」小嵐揮揮手。

於是，三人一豬埋頭吃起麵來。除了笨笨吃了整整一碗吃得小肚子溜圓外，另外三人都覺得意猶未盡。曉星一臉埋怨地瞪着笨笨，笨笨滿足地趴在地氈上，裝作沒看見。

幸虧還有三個蘋果，小嵐和曉晴每人一個，曉星

那個呢，當然要分一半給笨笨了。一半蘋果解不了曉星的饞，幸好他有秘密武器，像變魔術一樣，從背囊裏變出一包牛肉乾。

　　他給兩位姐姐一人兩片，笨笨呢，就只給了一片，誰叫牠吃了自己那碗即食麵！

第五章
一個月只有五十元生活費

三人組吃完午餐，就去整理行李，然後又睡了一會兒午覺，起來時已經快四點鐘了。幾個人正睡眼惺忪地坐在尖尖小涼亭裏發呆。

這時，他們聽見有人在敲院子的木門，又在喊：「公主殿下！」

曉星跑去開門，門口站着的是侯安和朱斯。

「侯哥朱哥，請進！」曉星把他們帶進了尖尖小涼亭。

「公主殿下！」侯安和朱斯向小嵐鞠了個躬。然後又向曉晴和曉星點點頭，「曉晴小姐，曉星先生。」

小嵐笑着說：「我們現在是參加教育部的活動，身分是學生。所以，你們不必像在宮裏那樣喊我們，叫名字就行。你們在我面前也不用那麼恭恭敬敬的。」

侯安撓撓腦袋説：「是。那我們就恭敬不如從命了。」

朱斯也説：「對，我們就恭敬不如從命了。」

小嵐又叮囑了一句：「這地方相對封閉，村民們應該不知道我身分，所以你們也不要洩露出去。」

侯安點頭：「是的。公主殿下！」

朱斯附和：「是的。公主殿下！」

小嵐嗔怪地瞪着侯安和朱斯，侯安和朱斯這才想起自己説了什麼，馬上一齊改口：「噢，小嵐同學！」

「嗯。」小嵐滿意地點點頭，説，「你們請坐。」

「是。」兩人在竹子造的餐桌前落座。剛好有五張椅子，五個人坐滿了。

笨笨就沒位置了，誰知道會多出來一隻小豬呀！牠只好抬起頭，一個勁地朝着侯安和朱斯投去不滿的小眼神。侯安和朱斯很奇怪怎麼多出了一隻小豬，但也沒去深究，只是覺得那小豬的眼神怎麼有點不友好，像欠了牠十碗豬食似的。

侯安當然不會去理會一隻小豬的情緒，他開始説

話：「幾位，我們來宣布一下這次活動的安排。宣布之前，你們先把帶來的食物，還有錢交出來，等活動結束，再全部還給你們。」

朱斯重複着說：「對對對，等活動結束，再全部還給你們。」

曉星一聽就跳起來了，他警惕地護着自己的背囊，說：「不行！我帶來的食物，不能給你們。」

侯安一副為難的樣子，他撓撓頭，說：「曉星同學，你這樣我很難做的。」

曉星張開兩手把背囊攬得更緊，撒賴說：「不可以，不可以，就是不可以！」

侯安尷尬地看着小嵐。小嵐對曉星說：「曉星，聽侯哥的話，把東西交出去吧！我們既然要來參加這個活動，就要按活動要求做。」

「哦。」曉星無精打彩地打開行李箱，從裏面把東西往外拿。

餅乾、巧克力、薯片、果仁、小魚乾、牛肉乾、豬肉乾……

大家都驚訝地看着那源源不絕地往外拿的零食，兩眼都看直了。難道那是百寶袋嗎？竟然藏了這麼多

東西！

　　拿完了最後一包東西，曉星留戀地再看了一眼那堆食物，然後就決絕地挪開了目光。他生怕自己再多看一眼，就會衝動地撲過去搶回來。

　　小嵐和曉晴都沒帶食物來，小嵐看了看曉晴，讓她把帶來的準備三個人用的那些錢都拿出來，交給侯安。

　　侯安點好錢的數目，收好，又寫了一張收條交到曉晴手裏。然後，他看了看茶几上堆成小山的零食，撓撓頭，心想不知等會兒怎麼帶走。小嵐站起來，去廚房拿了一個竹編的大背簍，把零食全裝了進去。

　　曉晴把收據收好，又問：「我們的錢和食物都給你們收去了，那這一個月的日子我們怎麼過？」

　　「哦，是這樣的。我們會給你們生活費……」侯安說着，把手伸進公文包裏，掏呀掏的。

　　大家的眼睛都盯着他掏錢的手，心想三個人一個月的生活費，起碼有一萬多塊吧！

　　沒想到，侯安掏出來的是一張五十塊的鈔票。沒錯，就是一張五十塊面值的鈔票，一把塞到離得最近的曉星手裏：「給！」

曉星看了看鈔票，揉了揉眼睛，又拿起來對着太陽看看，自己難道提早五十年得了老花眼，看錯了吧？就五十塊生活費，一個月怎麼活？

　　小嵐和曉晴跟他一樣的詫異，曉晴鄭重地問了一句：「就五十塊錢？」

　　侯安尷尬地點點頭：「是，就五十塊錢。」

　　在快餐店吃一頓最普通的豬扒飯，都要五十多元呢！但如果不吃魚吃肉，五十塊一天填飽肚子還是沒問題的。

　　曉星見侯安沒有再掏錢的意思，便朝他伸手，說：「她們的那份呢？」

　　侯安說：「沒了，三個人五十塊。」

　　「啊，三個人五十塊用一天，這分明是為難我們啊！」曉晴馬上表示了自己的不滿。

　　曉星點點頭，表示認同姐姐的話。

　　小嵐沒說話。其實她是有心理準備的，不管是住，還是吃，肯定不能跟在學校或者家裏比的。三個人，五十塊錢一天，在這物價偏低的山區，她還能接受。

　　但三個人都沒想到……

侯安有點尷尬地嘿嘿笑着：「不、不是一天，這是你們一個月的全部經費。」

　　「啊！」三個人都大吃一驚。

　　曉星跳了起來，衝着侯安説：「你説什麼，你再説一遍，我保證不打你！」

　　曉晴氣呼呼地説：「兩位大哥，別捉弄我們好不好？五十塊，還要三個人用，一個月早午晚三頓飯，怎麼夠用。難道這五十塊錢會生孩子的嗎？每天會生幾張五十塊出來。」

　　小嵐這時也不淡定了，盯着那兩個傢伙直皺眉頭。雖然知道這火不能撒在他們身上，但主辦機構這樣玩兒，也有點過了吧！

　　曉星乾脆撒起賴來了：「我告訴萬卡哥哥去，你們欺負人！欺負人！！欺負人！！！」

　　朱斯嚇得趕緊躲到了侯安背後。糟了糟了，侯哥，你千萬要挺住啊！

　　侯安也想躲呀，但後面的朱斯死死地抓住他的衣服，又用腦袋死死地抵着他的後背，他想躲也躲不了。早知道這「惡人」不好做了，沒想到，是真的不好做！

他心裏在咒罵教育部長。都是他，把自己調換了小組，讓自己落到這樣尷尬的境地。他只好結結巴巴地解釋道：「我們哪哪哪敢欺負你們啊！這這這，這是活動規定。」

然後，侯安做出一副小受氣包的可憐樣，低着頭，苦着臉。

小嵐搖搖頭，心裏嘀咕，教育部究竟想做什麼，竟然出這麼狠的招數來磨礪學生。不過，估計他們肯定還有後着的，他們不可能真的讓學生們餓肚子。

想到這裏，她接過曉星手裏的五十塊錢，説：「好，五十塊就五十塊。那用完這五十塊呢？」

侯安趕緊説：「我馬上要講到這個問題。用完這筆錢，你們就要自食其力，錢和食物，都要用勞動來換取，不勞動者不得食。」

原來主辦機構是打這個主意！

小嵐問道：「那是不是我們得自己去找工作掙錢？」

旁邊的曉晴曉星已經開始發呆了，原來之前知道的要鍛煉學生自立能力，解決問題能力，是要自己解決吃飯問題，自己掙取生活費！天哪，怎麼辦？自己

肩不能挑，手不能提的，在這農村裏，可以幹些什麼來掙錢呀？

侯安趕忙表示：「別擔心，我們會幫忙的，我們是你們的守護神呀！從明天開始，你們會收到任務卡，完成任務就能得到食物。」

「嗯，這還好。」小嵐表示接受。

無非就是用勞動去換取食物罷了，而且是由舉辦方提供工作，不用自己到處去找。如果自己去找那才最麻煩了，總不能一家家地去敲門問，你們有工作讓我們做嗎？給錢的工作。

「謝謝公主體諒。」侯安這才鬆了一口氣。如果這三個小祖宗硬不肯接受，吵着鬧着去找教育部長，去找國王，他們都不知怎麼辦呢！

「小嵐同學，那我們先走了。」他拉了朱斯一把，那傢伙還縮成一團在裝駝鳥呢！

「快走快走！」侯安生怕幾個孩子反悔，急忙拉着朱斯溜走了。

跑到院子門口，侯安又扭過頭說：「噢，忘了說，如果你們覺得受不了，想離開的話，可以在屋檐下掛一面小白旗，我們馬上會送你們回家的。」

「小白旗？！要我們投降？你休想！」曉星碰地跳起來，尋找可以扔的東西。沒找到，乾脆脫下一隻鞋，扔了過去，侯安和朱斯「吱溜」一下，以無比靈活的身手跑掉了。

六隻眼睛盯着茶几上那張五十塊錢，大氣都不敢出。生怕呼出的氣把它吹走了。

三個腦子都在高速運轉着，思考着這樣一個命題——怎樣好好利用這五十塊錢。

小嵐說：「在沒有掙到錢之前，這五十塊錢就是我們的全部財產了。我們得好好商量一下，怎麼去利用它。」

在媽明苑過慣衣來伸手飯來張口的日子，他們真沒想到有一天五十塊錢也這麼珍貴。

曉晴扁扁嘴說：「晚飯是要吃的，明天的早餐也是要吃的，而且還要提防明天如果沒能完成任務，沒拿到錢或食物，所以得預留一點錢明天用。」

「我的媽呀！」曉星慘叫着，「五十塊錢三個人吃兩頓，還要留點錢明天，可以吃些什麼呀？我不行了，我要昏倒了！」

「啪！」小嵐使勁拍了一下桌子，說，「不用

留，把它花光了，明天的事明天再說。錢會有的，食物會有的！」

「贊成！」曉星跳了起來。

「我也贊成！」曉晴也表示同意。

兩人都在想，小嵐說行就一定行。

三人組開始熱烈討論起來，怎麼花這珍貴的五十塊錢。小嵐說：「一個套餐太貴，我們吃不起，不如吃麵吧。而且我們可以跟老闆說，只吃麵，不用放別的什麼雲吞呀肉呀，通通不要，這樣應該不太貴。我們可以請老闆給多點麵湯，喝麵湯也能飽肚呢！」

「嗯。」曉晴曉星好想哭。太可憐了，竟然要喝麵湯來充飢。嗚嗚嗚。

小嵐又說：「剩下的錢，我們去買點餅乾什麼的，明天做早餐。」

「同意。」曉晴姐弟又點頭，小嵐就是會計劃用錢。

曉星突然想起了什麼：「啊，我們把笨笨忘了，笨笨也要吃呢！」

大家頓時愣了，真把笨笨忘了。沒想到那可憐的五十塊，還要分給笨笨。

曉晴敲了弟弟的頭一下，氣呼呼地說：「都是你，不該把笨笨帶來。」

小嵐說：「牠都來了，這樣吧，我們每個人都少吃些，把麵給牠留一點。」

躺在曉星腳邊的笨笨正睡得迷迷糊糊的，聽到有人說牠的名字，馬上「哼哼」了兩聲。要是牠知道自己只能吃三個小主人從牙縫裏擠下來的一點麵條，心裏不知該難受還是感動呢！

第六章

晚飯只能吃餅乾

傍晚，三個人出了門。曉星一蹦一跳的走在前面，這時剛好有一名村民路過，他急忙上前攔住，問道：「伯伯，這附近有餐廳嗎？」

那名村民放下扛在肩上的鋤頭，有點困惑地說：「餐廳？餐廳是什麼東西？」

曉星一愣，怎麼有人連餐廳都不知道。他連忙說：「餐廳不是東西。餐廳嘛，就是有人開了店，把東西煮好了，想吃的人就給他錢，買來吃。」

「家家都有廚房，家家都會自己煮東西，幹嘛要花錢去買呀？誰會這麼傻？」村民不可思議地看着曉星。

小山村有點偏遠，一些年紀大的又不愛看電視的村民，還真不知道有餐廳這回事。

「啊，這、這……」曉星不知說什麼好了。向來自稱天才的他，第一次被人說傻。

小嵐這時也反應過來了，怎麼就忘了，這裏不是城市，山村人家都勤儉過日子，誰會去餐廳花那個冤枉錢呀？所以沒有餐廳也很正常。

想清楚以後。小嵐對村民說：「伯伯，這裏有賣東西的商店嗎？」

村民說：「有啊！我們尼博村有一家雜貨店，離這兒不遠，你們從這一直走，見到有密集房屋的地方，往右轉，再走一會兒便可以見到。」

「雜貨店？」曉星有點不明白。

小嵐拉了他一下，說：「就是裏面什麼都有賣的店舖。」

曉晴說：「那不就是超市嗎？」

「沒想到這小山村還有超市，好，我們出發！」曉星有點興奮，他帶頭朝着村民指的方向，一路尋去。

尼博村是一個風景優美，又很幽靜的地方，雖然是個有着幾百人口的村莊，但附近卻很少見到有人在閒逛。老人在家操持家務，小孩在學校上學，其他人在田裏或者山上勞作，村民們都很勤勞純樸。

按着村民所指的方向，他們很快到了一片有密集

房屋的村落。三個人走了進去，全都是低矮的平房，沒有一間像店舖的。曉星性急，小跑着一路向前找去，小嵐和曉晴在後面走着，偶然一扭頭，才發現有一間屋子門口挂着一塊用木板做的牌子，上面用墨汁寫着——「實在雜貨店」。

「曉星，快回來，在這裏呢！」曉晴急忙喊道。

曉星忙跑了回來：「哪裏哪裏，我怎麼沒看見。」

小嵐指了指屋子門口那塊牌子。

「啊！」曉星呆住了。

這跟自己認知中的超市差距太大。從外表看只是普通的住家，往裏面瞧瞧，才看到放了很多東西。一位老婆婆從裏面走出來，熱情地説：「要買東西嗎？進來吧！吃的用的，我們這裏什麼都有。」

「好的。」一行三人走進了雜貨店。

果然是雜貨舖呀，裏面的東西雜七雜八的，碗碗碟碟、鍋鐵水壺、醬醋油鹽、日常用品，耕田用的農具，擺滿了一屋子。

好不容易從混亂的貨品中看到了能吃的東西，但只有餅乾和幾種糖果。但餅乾糖果只能做零食，不能

作主食呀。

「婆婆，你們這裏怎麼沒有吃的賣？肉呀米呀菜呀那些？」曉晴問道。

婆婆露出奇怪的表情，說：「啊，怎麼會有人買這些東西？菜和米都可以自己種，想吃肉，就吃家裏養的雞雞鴨鴨，或者殺隻豬，你們這些孩子，怎麼這樣糊塗。」

三個小傲驕頓時沒話說了。對呀，他們忘了這裏是農村。村民家家戶戶全都自己種糧食、種菜，還用買嗎？

沒想到一天之內被人說「傻」、「糊塗」，這讓三人組鬱悶死了。但還無法辯解，人家並沒有說錯。

趕緊買了需要的東西吧！三個人商量了一下，真恨不得把五十塊錢掰開了一點點地用，最後決定買兩袋餅乾，一袋晚上吃，一袋留待明天做早餐。

那芝士夾心餅很好吃，但價錢最貴，要十五塊錢一包，不買不買。

「買這種吧，才十三塊錢，比芝士夾心餅便宜了兩塊。」小嵐從貨架上拿了一包甜餅乾，「你們看，裏面有十六小包，每小包有兩塊餅乾。連笨笨在內，

我們可以一人吃四小包，即八塊餅乾，當作晚餐應該可以吃飽了。」

大家都點頭同意。然後又買了一包十一塊錢的咸餅乾，留作明天早餐。商量之後，又買了一大瓶豆漿，吃餅乾沒有飲品，很難下嚥的呀！

即使是這樣的精打細算，還是花出去四十五塊錢。只剩下一個五元硬幣了。

大家直歎氣，唉，當家才知柴米貴呀！

回去時，還沒走近綠野仙屋，就聽到笨笨在叫喊。出來的時候牠就想跟着，小嵐嫌牠走得慢，留在家裏了，牠在鬧情緒呢！

「笨笨，我們回來了！」曉星推開院子的大門，喊着。

笨笨馬上撲了過來，用腦袋拱着曉星的腿，「哼哼唧唧」的訴說着委屈。

「笨笨別鬧，我們買晚飯回來了。」曉星把餅乾朝笨笨晃着。

見到那花花綠綠的外包裝，笨笨就認定一定很好吃，牠眼睛冒着綠光，口水從嘴角流出來了。小短腿走得飛快，跑到尖尖小涼亭的餐桌下等着。

主人們洗手後，也拿着杯子來了，圍着餐桌坐下，拆開餅乾，又每人倒了一杯豆漿。

　　曉星在一隻碗裏倒了豆漿，又把一些餅乾放在裏面泡着。沒想到，他把碟子放到笨笨面前時，卻被笨笨嫌棄了，牠看着曉星，不滿地哼哼着。

　　曉星知道牠在説：「怎麼給我吃這樣的東西。」

　　沒錯，笨笨很不高興呢！主人出門不帶自己，買回來的還是自己一點不愛吃的小餅乾。主人不愛自己了，好委屈。

　　「笨笨，我們沒錢了，只能吃這些了。」曉星蹲下來，摸着笨笨的腦袋，哄道。

　　「哼哼，哼哼。」笨笨在説「騙人，騙人」。

　　下午侯安和朱斯過來的時候，笨笨還在睡懶覺，所以不知道只有五十塊錢生活費的事。牠還以為曉星騙牠呢，跟着公主殿下出來，怎麼會缺錢。牠名叫笨笨，但一點都不笨。

　　「不吃？好啊，那我吃了。我還沒飽呢！」曉星拿起碗，裝出要吃的樣子。

　　笨笨一看馬上急了，小黑豆般的眼睛睜得花生米那樣大，牠一把抱住曉星的腳踝，尖叫起來。

曉星本來就是嚇唬笨笨的，見到笨笨着急，便笑嘻嘻地把碗放到地上。笨笨撲了上去，一隻爪子按住碗，「咔嚓咔嚓」地啃起餅乾來了。不愛吃也得吃，總比餓肚子好。

第七章

向大自然要吃的

尼博村是個適合居住的地方，在這裏的第一個晚上，三人組和一小豬就睡得香香的。當然了，環境幽靜、空氣清新，想睡不好都難。

早上起來洗漱完後，三人一豬坐在尖尖小涼亭裏吃早餐。餅乾真的名副其實，吃起來果然很乾。今天沒有豆漿，幸好還有開水潤潤喉嚨。

咸餅乾只有八小包，所以每人只能分到兩小包，但作為早餐來說，也可以填飽肚子了。「咔嚓咔嚓」很快吃完，抽出紙巾擦擦嘴，也就完成早餐任務了。不求美味，只求吃飽。

笨笨也想擦嘴，但曉星卻忘了給他紙巾，笨笨便在曉星褲腿上擦呀擦，把嘴上的餅屑擦得乾乾淨淨的。

嗯，這個方法蠻好的嘛。笨笨覺自己還挺聰明的。

這時，隔壁那座小房子的門打開了，侯安和朱斯走出門，朝綠野仙屋走了過來。

尖尖小涼亭裏的曉星意猶未盡地舔舔嘴唇，説：「我感覺就好像沒吃過早餐一樣，肚子空空的。唉，想念我的魚子醬，想念我的太陽蛋，想念我的年輪蛋糕……」

對曉星來説，世界上最慘的事莫過於沒吃的，想到連多吃一塊餅乾都成了奢望的時候，他的氣又不打一處來，不由得大喊一聲：「侯哥朱哥快出來，我保證不打你！」

正好走到尖尖小涼亭外面的兩條身影一顫，不約而同停了下來，隔着籬笆偷聽着。

小嵐抬起手，敲了曉星腦袋一下，説：「你怪他們幹什麼？是你自己自願參加活動的，又沒有人逼你來。」

竹籬笆外面的兩個人聽了不住點頭，還是公主殿下講道理。

小嵐接着説：「我們不蠢，不笨，有手有腳，不會餓着自己的。沒有錢，我們就通過自己的智慧，通過自己的勞動來掙錢。」

小嵐一番話，馬上調動起了曉星的豪情壯志：「對，我可是玉樹臨風、英俊瀟灑、聰明睿智的曉星哦，小小困難嚇不倒我！」

　　「哼，小心牛皮吹破了！」曉晴損了弟弟一句，然後拿出小鏡子照呀照的整理妝容。

　　在這三人組裏，小嵐負責拿主意，曉星負責折騰，她就負責貌美如花。有小嵐和曉星在，她才不去費這個腦筋呢！

　　笨笨聽得愣愣的，心想原來曉星小主人沒騙我，真的沒吃的了。啊啊啊，好可怕！

　　籬笆外面的兩個人離開尖尖小涼亭，走到了小院的木門外，侯安拿出一張紙條塞進了門逢裏，又伸手使勁敲了木門幾下。

　　「誰？」裏面傳出曉星的聲音。

　　侯安和朱斯嚇了一跳，轉身就跑了。

　　「誰呀誰呀？」曉星嘀咕着走來打開院子門。

　　「撲！」一張紙條從門縫掉了下來。

　　「咦？」曉星撿起來，大聲說，「姐姐們，有人塞了張紙條進來。」

　　三個孩子擠在一起看紙條，只見上面寫着：

任務一：向大自然要吃的
守護神

「是侯哥和朱哥放在這兒的。」曉晴説，「向大自然要吃的？怎麼要？是不是只要我們跑到外面，向山山水水大喊一聲，我們要吃東西，那東西就會『嗖』地一聲飛到跟前。」

小嵐説：「曉晴的理解很虛幻，不過我估計把嗓子喊啞了，也不見得有東西飛來。」

「我的想法很現實！」曉星搶着説，「我們種菜吧，這裏到處都是空地。我們不是還有五塊錢嗎？就拿這五塊錢去買菜種子，然後在地裏種菜。我在嫣明苑見過膳房裏的叔叔種小白菜，撒下種子後，每天去澆水，菜天天往上長，二十來天就有菜吃了。菜長出來後，一部分自己吃，一部分拿去賣了換肉換米，不就可以解決問題了嗎？」

「哼哼哼！」笨笨在説「對對對」。

「二十來天？」曉晴白了弟弟一眼，説，「那我們這二十來天裏吃西北風嗎？笨蛋！」

曉星想想也對，但被姐姐說笨蛋，他很不高興，就搶白姐姐一句：「我的辦法不行，那姐姐你說個可行的辦法呀！」

「呃……」曉晴被弟弟懟得一時說不出話來，但她還是有點急智的，忙說，「我們可以養豬。用五塊錢去向村民買一隻豬娃娃，自己養，養大了就有肉吃了。」

「哼哼哼！」笨笨又發聲了，這次牠說的是不不不。牠也是豬豬啊，物傷其類，不好不好！

「嘁！」曉星撇撇嘴，「姐姐，等你的豬養大了，我們已經餓死了。大笨蛋！」

「這……」曉晴語塞了，怒氣沖沖地瞪着曉星，「你！」

又再偷偷躲在尖尖小涼亭外面偷聽的兩個人心裏很着急，公主殿下快主持大局吧，別讓那兩個不可靠的少爺小姐把路子帶偏了。

「嘿嘿嘿，好好說話。」小嵐拍拍桌子。

曉晴說：「小嵐，我聽你的。」

曉星也說：「小嵐姐姐，我更聽你的。」

曉晴瞪弟弟：「不許學我說話！」

曉星瞪姐姐：「沒學你。我多了個『更』字。」

小嵐捂着臉，沒眼看。

笨笨也想用爪子捂臉，但爪子小捂不住，只好捂住一隻眼睛。

那姐弟倆鬥了一回嘴，都撅着嘴不說話了。小嵐說：「不說了吧，那輪到我了。」

曉晴曉星異口同聲說：「你說。」

小嵐說：「有句俗語叫『靠山吃山，靠水吃水』，我們背後就有一座大山，前面就有一條小河，還怕沒吃的嗎？」

真是一言驚醒夢中人啊！曉晴曉星眼睛一亮，哇，對呀，自己怎麼就沒想到呢！

曉星搶着說：「我們可以去釣魚、釣蝦，還可以捉螃蟹吃！」

曉晴接着說：「我們可以上山摘蘑菇！」

「嗯。山上還有很多可以吃的野菜，我們常吃的薺菜餃子，那薺菜就是山上野生的。」小嵐說。

曉星一拍大腿：「我們還可以去竹林找竹筍，之前大廚做的竹筍炆五花肉，好吃得……」

曉星吸了一下口水。

「沒聽過『雨後春筍』這句話嗎？春筍春筍，就是春天長出來的，現在是夏天，就別指望了。」小嵐想了想，說，「我記得上科學課時，介紹過有一種野菜，叫蒿菜。蒿菜中含有豐富的維生素，可以有效的緩解疲勞、提升活力，清熱去火、減肥瘦身⋯⋯」

　　「哇，這個好這個好！」能減肥瘦身，曉晴最喜歡了。

　　三個人你一言我一語，討論得興高采烈的。

　　蹲在籬笆牆外面的兩個人互相瞅瞅，感到很安慰。

　　「我們今天就吃白灼蝦和烤魚好不好？我們現在就去小河。」曉星建議。

　　曉晴突然想起了什麼：「咦，我們好像忘了一件事，我們沒有釣魚工具呀！」

　　曉星說：「不怕不怕，我們可以找一個水淺的地方，下河去捉。」

　　「我們隨機應變吧，去看看再說。」小嵐說。

　　於是，三人去換了一身方便下水的衣服，又去廚房找了三個小水桶，然後出發了。

第八章
勞動果實分外香

曉星領頭走着，推開院子的門，卻見到門縫裏掉下來一張紙：「咦，又有一張紙條！」

曉星俯身撿起紙條。六隻眼睛看過去，只見上面寫着：小河邊，白蘭樹下，有好東西哦。

字條沒有署名。河邊有好東西？什麼東西？誰寫的字？大家都很驚訝。

於是，一行三人懷着好奇的心情，一路走到小河邊。白蘭樹並不難找，因為白蘭花很香，嗅着香氣找，很快就找到了。

白蘭樹下，竟然擺着三副魚竿！真令人驚喜啊！

「哇，太好了！」曉星衝了上去，一手拿起一副魚竿。

魚竿旁邊，還放着一小罐魚餌呢，真是又貼心又周到。

「這好心人究竟是誰？他又是怎麼知道我們想釣

魚的？」曉晴睜大了眼睛，「難道這世界真有田螺姑娘。」

曉星問：「誰是田螺姑娘？」

小嵐説：「田螺姑娘是民間故事中的一個人物。説是有一個田螺小仙子，喜歡上了一名勤勞善良、但家裏窮得一無所有的少年。小仙子每天趁少年出去工作的時候，就給他變出各種需要的東西，變桌子、變椅子、變其他生活用品，把少年的家布置得漂漂亮亮的……」

曉星高興地説：「啊，我知道了，一定是這小河裏也有田螺姑娘，她看見有一個名叫曉星，又聰明又帥氣的少年，所以變了三套釣魚工具。」

曉晴説：「噓，少自戀，説不定是一個小仙男，知道美少女曉晴需要釣魚，特地送來魚竿呢！」

小嵐翻了一下白眼，説：「兩姐弟一樣自戀。」

隔不遠的一棵大樹下，躲了兩個人，聽到那邊三人組的對話，捂住嘴偷笑：哇，我們是小仙男耶！

他們正樂着，又聽到公主殿下説：「什麼小仙女小仙男，可能是有誰偷聽了我們的談話，悄悄送來的呢！」

偷聽？偷偷摸摸的行為被揭穿了，好羞恥。樹後那兩個人的笑容頓時凝固。

既來之則用之，小嵐他們當然不會客氣，一人一副釣魚竿，坐在河邊釣魚了。

曉星咋咋呼呼地說：「釣魚小能手來了，看我大顯神通吧！」

曉晴一臉不屑，說：「算了吧，一條小魚兒都沒釣過，敢稱小能手，笑死人了！」

這是曉星羞於告訴人的糗事。早前他跟同學一起去釣魚，釣了半天只釣到一隻小螃蟹。

曉星氣惱地說：「姐姐，別提我慘痛的往事好嗎？今天就是我一雪前恥的日子，我就跟你比一比，看誰釣的魚多！」

曉晴說：「比就比，怕你嗎！」

曉星目不轉睛地看着浮在水面上的魚漂，嘴裏唸着：「魚啊魚啊，你快上鈎吧！」

曉晴不滿地說：「喂，你住嘴好不好，魚都被你嚇走了。」

曉星趕緊閉嘴。過了一會兒，咦，魚竿好像動了，有魚上鈎了！他心裏一陣狂喜，立刻使勁一拉，

啊，沒想到拉上來的只是空飄飄的魚鈎，連之前掛上去的魚餌也不見了。看來，他遇到一條高智商的魚了，這聰明的魚把魚餌吃掉，然後悠悠然地走了。

提上來的魚鈎一甩，還差點鈎住曉星的鼻子，嚇得他怪叫一聲。

兩位姐姐朝他看去，小嵐搖搖頭，繼續釣自己的魚，曉晴就誇張地哈哈大笑着，說：「學學你穩如泰山的姐姐吧！你這樣沉不住氣，一片魚鱗也釣不着。」

曉星鼻子哼了哼，說：「笑吧，笑吧，看誰笑到最後。」

正在這時，曉星手裏的魚竿又重重地往下一沉，他眼睛一亮，看來真釣到魚了，而且是大魚。他高興得大喊大叫：「見證奇跡的時刻到了！」

「嗖」的一下，魚竿提上來了，魚鈎的確釣到了東西，不過，並不是魚，而是一堆腐爛的樹葉。

「哈哈哈……」這回，連小嵐也大笑起來了。

曉星捂臉，好糗！

太陽下山的時候，曉星釣了一隻魚一般大的蝦，曉晴釣了一條蝦一樣小的魚。他們爭了半天，曉晴說

是她贏了，曉星也說是他贏了，到最後還是高下難分。

當他們去瞧小嵐的小桶時，都驚呆了——三條各有一斤重的魚，靜靜地躺在水桶裏。原來小嵐才是真正的釣魚小能手！

「走吧，今晚請你們吃烤魚。三條魚，夠我們和笨笨吃頓飽的了。」小嵐意氣風發地說。

曉晴瞅瞅自己只有食指般長的小魚，呲呲牙：「那我就請你們喝魚湯吧！」

曉星瞧瞧自己無名指般大的小蝦，眨眨眼：「那……我請你們吃鹽焗蝦好了。我吃蝦頭，小嵐吃蝦身，曉晴吃蝦尾。」

曉星說：「哇，有烤魚、有魚湯，還有鹽焗蝦，晚餐好豐富哦！」

小嵐翻了翻白眼，這兩個人真傻氣。

兩個傻瓜，一個提着條小魚，一個提着隻小蝦，做出一副收穫很大的樣子，跟在小嵐後面，回家了。

回來的路上，他們很幸運地找到了一些薺菜。

不遠處，藏在大樹後面的兩個人走了出來，嗯，他們當然就是侯安和朱斯了。他們互相瞅瞅，兩人都

鬆了口氣——今天不會餓着公主了。

公主殿下還是挺厲害的啊，竟然釣到三條大魚！

那些釣魚工具是他們聽到小嵐幾個準備去釣魚，悄悄放在小河邊的。不能讓三個孩子去河裏摸魚啊！要是不小心掉到水深的地方，那太危險了。所以，他們稍稍幫了一下忙。

三人組回到綠野仙屋，一推開院子門，笨笨就跑了過來，朝他們不停地甩尾巴，表示自己的喜悦心情。一隻豬呆在屋子裏，雖然可以跟採花蜜的蜜蜂捉捉迷藏，可以逗逗上下飛舞的小蝴蝶，但也比不上和主人們在一起時的熱鬧和開心啊！

三個人忙開了。曉晴除了幫着把魚洗洗，就什麼也幫不上忙了。曉星是個吃貨，平日時不時鑽膳房找吃的，沒幹過也見過大廚們的工作，和小嵐兩人手忙腳亂把魚弄乾淨了，切成薄片，又抹上鹽腌着。

想起沒有燒烤用的柴，他們又趕緊出去撿。幸好山上到處是落下的樹枝，他們每人撿了一大堆，用繩子綑好，背回家。

萬卡經常帶他們進行野外活動，教他們野外生存知識，所以搭個簡易燒烤爐難不倒他們。他們用背簍

背回來一些石頭，很快在院子裏砌了一個小爐灶，小嵐從屋子裏找到一小捆鐵絲，做了一塊雖然不好看，但也勉強能用的鐵絲網，放到小爐灶上，就可以作燒烤網了。

被陽光曬得乾乾的樹枝很快點燃了，三個人拿了小凳子坐在燒烤爐前面，興致勃勃地烤起魚來。

一開始沒經驗，燒糊了幾片，但他們很快就掌握了要領，可以烤出焦黃的烤魚片了。烤魚吃在嘴裏又香又脆，大家你一塊我一塊的，津津有味吃了起來。笨笨也有自己的一份，牠把嘴拱在小碟子裏，吃得香極了。

大家都吃得飽飽的，最後把曉星的小魚和曉晴的小蝦一起扔進小鍋裏，放進摘來的薺菜，熬了一小鍋薺菜魚蝦海鮮湯。一人一小碗，放點鹽，喝得有滋有味的。

自己勞動得來的食物，吃起來格外美味啊！

不遠處那座小屋，有兩個人站在窗口，拿着望遠鏡看着，嘴裏不自覺流出了口水。

第九章

採蘑菇的小姑娘

「小喜鵲造新房，小蜜蜂採蜜糖，幸福生活哪裏來，要靠勞動來創造。小蝴蝶貪玩耍，不愛勞動不學習，我們大家不學牠……」

樹木茂密的山林裏，響起了曉星的歌聲，他前些時候參加文化交流團去了一趟中國內地，學了很多兒童歌曲，回來就天天唱。

今天是陰天，所以下午時候上山也不用戴帽子，這次大自然給他們的禮物是蘑菇。不過，大自然就像個調皮的孩子，他故意把禮物藏在大樹下、草叢中，誰想得到禮物，就要細心尋找。

山上的樹長得很高，一棵棵就像插進了雲彩裏，樹上的鳥兒在開心地歌唱，一點不擔心有突然出現的獵人傷害牠們。這裏的村民都純樸善良，他們世世代代守護着大山，守護着大山裏的珍貴動物和植物。

「哇，好漂亮的蘑菇！」曉晴驚喜地跑到一棵大

樹下。

曉晴看到的蘑菇是鮮紅色的，菌蓋上有許多突起的白色小點，跟圖畫書上畫的一樣，十分漂亮。

小嵐急忙阻撓說：「別摘！這叫『毒蠅傘』，吃了會中毒的。」

曉星說：「姐姐，你不知道嗎？顏色鮮豔的，或外觀好看的蘑菇都有毒，都不能吃。」

小嵐說：「曉星這話不全對。事實上許多色彩暗淡、長得醜醜的蘑菇都具有毒性。比如被稱為『蘑菇殺手』的『白毒傘』，就是純白色的，看上去樸實無華。」

「哦，原來是這樣。」曉星又說，「我聽說蟲子都不會去吃毒蘑菇，所以凡被蟲子吃過的蘑菇，都可以放心吃，對嗎？」

小嵐搖搖頭說：「人的體質跟昆蟲不同，很多對人類有毒的蘑菇，卻是其他動物的美食。比如白毒傘就常常有蟲子去吃，吃了也沒事，但如果人吃了就問題大了。」

曉星撓撓頭，說：「那有什麼辦法辨別蘑菇有沒有毒呢？」

小嵐説：「全世界已經被鑑定的毒蘑菇超過一千種。由於野生蘑菇的形態多種多樣，單憑經驗，靠形態、氣味、顏色等特徵來辨識，是很困難的。只有專業人士，以及長年住在山林裏的人，才能憑經驗去分辨。所以經驗不足的人，最好不要自己去採蘑菇吃。」

曉晴聽了，嚇得臉色發白，她心有餘悸地説：「幸好小嵐提醒，不然採回去煮了吃，就死定了。」

曉星問道：「那小嵐姐姐你能分辨嗎？」

在曉星眼裏，小嵐是「天下事都難不倒」的。

「萬卡哥哥教過我辨認，但我也只認得一些特徵比較明顯的。你們看，這叫『猴頭菌』，是能吃的……」小嵐指着地上一棵倒下來的樹，粗大的樹幹上長着好些略帶黃色的蘑菇。

「好啊，摘摘摘！」曉星歡呼着跑了過去。

曉晴也奔了過去，兩人把長在樹幹上的幾十個猴頭菇摘了，放進小背簍裏。大家都很開心，才上山不久就開始有收穫了，今天一定會滿載而歸。

「採蘑菇的小姑娘，揹着一個大竹筐，清早光着小腳丫，走遍樹林和山崗……」

這回唱歌的是曉晴,這歌也是曉星參加文化交流團時學的,歌兒歡快好聽,他特地教會了兩位姐姐。

這時,小嵐也跟着唱了起來:「……她採的蘑菇最多,多得像那星星數不清,她採的蘑菇最大,大得像那小傘裝滿筐……」

曉星也想跟着唱,但唱了兩句就馬上想起自己不是小姑娘,就用和聲去跟兩位姐姐唱和着。樹上的鳥兒聽見了,大概是想和三個小人類比賽,竟也吱吱喳喳地唱起牠們的歌來,一時間山林裏熱鬧極了。

小嵐唱着唱着突然停住了,喊了起來:「你們快來,有發現!」

曉晴和曉星一聽,急忙跑了過去,只見小嵐蹲在一小片鮮橙色的蘑菇跟前。蘑菇有的像一個鵝蛋,有的已經張開了小傘。

「你們猜,這種菌能不能吃?」小嵐問道。

「這麼漂亮,我想十有八九不能吃。」曉晴説。

曉星也認同地點着頭。

「錯。這恰恰是能吃的。它的學名叫『橙蓋鵝膏』,因為外形似鵝蛋,又叫『鵝蛋菌』,它的顏色和味道都如蛋黃一樣可口,是一種很珍貴的食用菌。

這種菌不但味道鮮美、肉質細嫩，營養也很豐富。」小嵐娓娓地介紹着，「據説羅馬帝國的凱撒大帝最喜歡吃這種蘑菇，所以又有『凱撒蘑菇』的別稱。」

「哇，真的？！」曉晴和曉星都很驚喜，也蹲下來看那漂亮的蘑菇。

「我們今晚就做一回凱撒大帝！」曉星興高采烈地，就想伸手去摘。

「別動！」小嵐攔住他，「不能直接摘，會把它弄斷的。要用小鋤頭慢慢挖，把整棵挖出來。」

三人輪流挖，把那一小片蘑菇全挖了出來。除了曉星挖斷了一個，其他都是完好的。秤一秤，應該不到一斤。

小嵐説：「我們太幸運了，這種蘑菇很少見，而且只有野生，暫時還沒辦法人工種植，所以很珍貴。據説市場上賣得很貴呢。」

「那我們繼續去找凱撒蘑菇，出發！」曉星大聲咋呼着。

可惜的是，他們走得腿都發痠了，也只是又找到了好些猴頭菇，而凱撒蘑菇就再也看不到了。山路不好走，所以他們不敢再往山上走，趁着太陽沒下山，

就下山回家了。

回到綠野仙屋，發現門縫裏又塞了一張紙，曉星趕緊撿起來，只見上面寫着：

> 有什麼想要的，可以以物易物哦！
> 守護神

「咦，他們有千里眼嗎？好像知道我們採了蘑菇回來似的。太好了，我要吃肉！我們拿蘑菇去換肉！」曉星很興奮。

「真是個無肉不歡的傢伙！」小嵐哼了一聲，從背簍裏拿了一半的凱撒蘑菇，還有一半的猴頭菇，放到一個盤子裏，「這些我們今晚吃，背簍裏的，曉星你拿去隔壁換些肉和菜，另外看看有沒有米或者麵條。」

曉晴自動請纓：「我去吧！美女出馬，一個頂兩個，我保證換到很多好東西。」

「好。」小嵐點點頭，曉晴的確有這個能力。

曉晴背着背簍去了隔壁，見到朱斯已經在門口等着了。

曉晴很奇怪：「你怎麼知道我會來？」

朱斯笑着説：「猜的。」

其實小嵐他們不知道，在他們上山時候，兩位守護神一直遠遠地在後面跟着，保護他們安全呢！

曉晴把蘑菇倒在桌子上，説：「我們想用這個來換食材，包括肉和主食。」

「就這些？」朱斯瞧了瞧那些蘑菇，雜七雜八、顏色不一，看上去總共還不到一斤。他心裏嘀咕着，怎可能換那麼多東西。

這時侯安從裏面出來了，一眼瞧見桌上的蘑菇，眼睛馬上亮了：「哇哦，好東西啊！這種蘑菇很少見，你們怎麼找到的。」

曉晴朝侯安豎起大拇指，表揚説：「侯哥真有眼光！」

朱斯頓時尷尬了，那自己豈不是很沒眼光。

「當然！」侯安被美女稱讚，整個人都快要飄起來了，他拿起一個鮮橙色的蘑菇，説，「這東西學名叫橙蓋鵝膏，又叫凱撒蘑菇、鵝蛋菌，味道很好，而且很有營養，市場賣到七八十塊錢一斤呢！」

曉晴笑彎了眼：「對對對，侯哥厲害！」

侯安得意極了，他之前去中國西藏旅行，在一家飯店吃飯時，見到店老闆給客人推薦過這種蘑菇。老闆還在廚師烹飪前，拿出來給客人看過，那鮮豔奪目的顏色，那好看的外形，給侯安留下很深刻的印象。

　　朱斯有點怏怏不樂，他也想被美女稱讚呀！自己為什麼就不知道凱撒蘑菇呢！他趕緊採取主動，看着曉晴小美女拍胸口：「好，你想換些什麼，儘管跟我說！」

　　曉晴說：「兩斤肉，還有主食，米、麵都可以。」

　　「啊，這個⋯⋯這個⋯⋯」侯安撓撓頭，換兩斤肉，還要米麵，這有點多啊！他不禁偷偷瞅了瞅侯安，看他意見怎樣。

　　曉晴見了，趕緊給兩人發「好人卡」：「侯哥朱哥，你們最好了，我知道你們一定會答應的。」

　　「當然！」被美女誇獎，侯安和朱斯都有點飄飄然的。

　　兩個傢伙趕快從雪櫥裏拿出一包兩斤重的凍肉，又拿出一包掛麵，交給曉晴。

　　曉晴把東西放進背篼裏，她覺得好像缺了點什麼，一轉頭看見了桌上幾根小青瓜，便笑嘻嘻地說：

「這幾根小青瓜，給我們當飯後水果吧！」

說完，她不由分說把小青瓜放進了小背篾，然後轉身就走了，也沒給侯安他們拒絕的機會。

看着曉晴的背影，朱斯彷彿才想起什麼，他對侯安說：「侯哥，我們是不是違反規定了。以物易物只能作價錢對等的交易，我們剛才多給了。」

侯安一愣，是啊，怎麼讓人誇兩句就頭腦發熱呢！糟了，回去肯定挨批評了。

不提兩個懊惱的傢伙，說回曉晴滿載而歸，得意地把東西展示給小嵐和曉星看，曉晴第一次同時得到了兩份讚揚，一份來自小嵐，一份來自她的「包頂頸」弟弟。

吃飽喝足了，三人一豬坐在尖尖小涼亭裏，享受着山村寧靜的夜晚。

沒有了高樓大廈的阻擋，視野特別開闊，沒有了大城市的光污染，天上的月亮和星星特別明亮，人在天地間，格外舒適和愜意。

「哇，好美！」曉星大喊一聲，指着天上從南到北一條白茫茫的，就像一條銀色河流的光帶。

「銀河！」小嵐和曉晴也看呆了。

每個幸福兒童，都有小時候聽大人講故事的美好時光，而牛郎織女，就是其中一個美麗的民間故事：

　　牛郎放牛時遇見下凡的織女，兩人喜歡上了，結為夫妻，男耕女織，非常幸福。織女的母親王母娘娘知道後，親自下凡強行把織女帶回天上。牛郎拚命去追，王母娘娘拔下頭上的金簪一劃，出現了一條波濤洶湧的天河，把牛郎和織女分隔在兩岸。牛郎和織女在銀河兩岸相對流淚，喜鵲很不忍心，呼朋喚友，喊來千萬隻喜鵲搭成一道鵲橋，讓牛郎織女相會……

　　「你們看，那銀河兩岸的雲彩，像不像兩個人，牛郎和織女？」曉星指着天空。

　　「不像！」小嵐和曉星看了半天也看不出那幾團雲彩像人。

　　笨笨也搖着小尾巴「哼哼」了兩下，曉星高興地說：「笨笨說『像』呢！」

　　曉晴說：「我聽得清清楚楚，牠發出的是兩個音，是說『不像』。」

　　曉星說：「重要的事情說兩次，人家笨笨是說了兩次『像』呢！」

　　曉晴哼了一聲：「懶得理你。我去洗澡了。」

剛才生火烤魚，弄得身上又是汗又是煙灰，曉晴有點受不了。

「我先洗！」曉星偏要和姐姐作對，他「嗖」地一下，就越過曉晴，跑進了屋裏。

「臭小孩，我先洗！」曉晴氣急敗壞地追了上去。

兩人吵成一團。

小嵐沒眼看也沒耳朵聽那兩傢伙吵鬧，她一心一意地看月亮看星星、聽小蟲唱歌，享受星空下的愉快時光。

第十章
先有雞還是先有蛋

又是新的一天。三人組在尖尖小涼亭裏幸福地吃着早餐，今天的早餐非常好吃，是美味的肉丸粥哦！

肉丸粥裏還放了昨天在田野裏摘來的蒿菜碎，香得很，差點讓人連舌頭都吞進肚子。

剛吃完，擦好嘴，小院的大門就被人敲響了，「碰碰碰碰！」

每天都是剛吃完早餐就來送任務，真讓人懷疑隔壁屋子裏的人有「千里眼」。

事實上侯安他們也真的是有「千里眼」，這千里眼的名字叫望遠鏡，侯安和朱斯兩人輪流在瞭望台——窗口，用望遠鏡密切注視着綠野仙屋的情況呢，不然公主殿下有危險怎麼辦！

「任務又來了！」曉星聽到敲門聲跳了起來，朝大門跑過去。

拉開大門，還是沒有人，只見地上有兩個竹籃

子，裏面還裝着東西。一個竹籃子裏是十隻雞蛋，另一個竹籃子裏有紅蘿蔔、白菜、豬肉，還有一小袋白米。

「食材好豐富啊！我們可以不勞而獲了嗎？怎麼今天不安排任務了，直接送這麼多食物？」曉星很驚喜，他一手提一個竹籃，回到尖尖小涼亭。

「什麼東西？」小嵐和曉晴都伸頭去看籃子。

曉晴的反應跟曉星一樣：「哇，有這麼多食材！還有十隻雞蛋。我們有好幾天不用出任務了，坐着躺着就可以天天有吃的。」

「這個籃子裏面還有一張紙條，看看再説。」小嵐説。

紙條上面寫着——

任務二，把蛋變成雞。食材是今天的酬勞。

原來，雞蛋不是給他們吃的，而是讓他們把蛋變成雞。

曉晴愣了愣，說：「我們又不是變魔術的，怎麼把蛋變成雞。」

這位大小姐，顯然不知道雞是怎麼來的。

「我知道我知道！」曉星舉起手，得意地説，「我知道怎樣把蛋變成雞！給蛋維持適當的溫度，經過一定時間，雞蛋就能孵出來。」

「你怎麼知道的？」曉晴一向對弟弟抱懷疑態度。

「我當然知道！」曉星驕傲地説，「讀小學的時候，老師帶我們去科學館參觀，那裏有個展覽項目是孵小雞，我親眼看見小雞啄破蛋殼從裏面鑽出來，可有趣了！」

「那你知不知道，適當的溫度是多少，如果溫度太高，會不會把雞蛋煮熟？」曉晴見弟弟比她懂得多，有點不服氣。

曉星愣了愣：「當時講解員姐姐講過，但我忘了。」

「嘻，那你説了等於沒説。」曉晴可以打擊一下弟弟，心裏頓時舒暢了。

小嵐瞪了一眼小心眼的曉晴，說：「我記得。」

曉星大喜：「小嵐姐姐，你小學時也去過科學館看過孵小雞？」

小嵐搖搖頭說：「沒有。讀幼稚園時，老師曾經用人工孵化方式孵小雞。我當時每天都去看看小雞孵出來沒有，還搶着幫老師忙，所以印象特別深。」

「太好了太好了，那小嵐姐姐趕快告訴我們怎麼做。」曉星十分雀躍。

「還是小嵐最可靠。」曉晴很高興，跟着小嵐走，萬事不用愁。

小嵐一邊回憶一邊說：「我們要先準備好工具。一是箱子，紙箱子或木箱子都可以。還有，一個一百瓦的電燈泡，就是那種舊式的腦袋圓圓的燈泡。」

「箱子可以去雜貨店問婆婆要一個。那天買東西時，我看到店裏攔着好多空箱子。」曉星說。

曉晴說：「電燈泡我們可以找守護神幫忙。他們不是說過很多次，有事可以幫忙解決的嗎？」

小嵐說：「好。那就由曉星去雜貨店要紙箱。順便問村民要幾件破了不穿的舊衣服，要柔軟一點的。」

曉星點點頭，他做事向來是說做就做的，馬上

「蹬蹬蹬」跑出去了。

曉晴說：「那我去請守護神幫忙找燈泡吧！一定不辱使命！」

曉晴說完就跑隔壁去，繼續發揮她的青春無敵小美女魅力去了。

小嵐留在家裏作好孵小雞的前期工作。本來給蛋消消毒最好，但是手頭沒有消毒用的東西，只好簡單處理了，她找來一塊柔軟的抹布，小心地把雞蛋逐個抹了一遍。

曉晴很快回來了，帶回來一個燈泡，她說是這是朱斯卧房裏的燈泡，朱斯真是太無私了。

不久，曉星也氣吁吁地跑回來了，拿回來一個紙箱和幾件舊衣服。雜貨店婆婆很慷慨，他一開口，婆婆就答應了，還特地找了一個很新很乾淨，特別結實的紙箱給他，舊衣服也是婆婆給的。

小嵐先用膠紙把紙箱的縫都封好，然後用㓤刀在箱子的正面割了三下開了個正方形小窗口，沒割的部分往上一掀，成了一個能開能關的小「門」。然後，又用同樣方法，在紙箱側面弄了一個稍為小點的正方形小門。

「小嵐，這一大一小兩個門，是用來幹什麼的？」曉晴問道。

　　「大門是用作每天觀察雞蛋的變化情況，小門是用來放燈泡裝進去。孵小雞要有攝氏三十八度的溫度，一百瓦的燈泡可以提供足夠熱源。」

　　接下來，小嵐又和曉晴曉星一起，把婆婆給的舊衣服剪開，把平整的部分疊好，鋪在紙箱裏。

　　他們到底不是經常要幹活的人，做這些事未免都有點笨手笨腳的，但他們全都一絲不苟地、認認真真地做。用了一個上午的時間，終於把孵蛋箱做好了。

　　一切準備妥當，曉星跑去隔壁，找侯安他們來幫忙弄電燈泡。因為把燈泡連上電線，放入紙箱裏，這過程需要有經驗的人來弄，小孩子不能亂擺弄，否則有危險。

　　侯安和朱斯很快過來了。之前曉晴去借燈泡，他們已經知道三個小傢伙找到了孵小雞的辦法，現在見到簡易孵蛋箱已經做好，就差拉電線裝燈泡，心裏都很高興，這幾個孩子，動手能力很強啊！

　　侯安和朱斯也很厲害，不然教育部長就不會讓他們來保護公主了。他們兩人互相配合，很快就把連接

燈泡用的電線拉起來了，接着把燈泡放進紙箱裏，用夾子固定好，然後一拉開關，「啪」的一聲燈泡就亮了，紙箱裏開始有了溫度。過了一會兒，小嵐把溫度計放進箱子裏，顯示攝氏三十八點三度，正好適合孵小雞。

小嵐想了想，又拿了一個小碗，裝了水放進紙箱，她解釋説：「孵小雞要有熱度，也要有百分之六十的濕度，這水就是用來增加濕度的。」

曉星把紙箱裏裏外外仔細瞧了一遍，問道：「小嵐姐姐，孵蛋機完成了，是吧？」

「是的。」小嵐回答。

曉星站起來，一臉正經地説：「我宣布，自製孵蛋機，勝利造成。」

「啪啪啪啪……」屋裏的人都配合地鼓起掌來。大家都挺興奮的，畢竟是他們親手造出的孵蛋機啊！

曉星爭着要負責把雞蛋放進紙箱裏，曉晴表示反對，嫌他男孩子笨手笨腳的，砸破了怎麼辦！後來還是小嵐打破性別歧視，每人都有機會，五個人，十隻蛋，每人放兩隻。哈哈，連侯安和朱斯都有這個榮幸呢！

侯安和朱斯走後，三個人仍然圍着紙箱，盯着雞蛋看，曉星問：「小嵐姐姐，這樣就行了嗎？不用再做些什麼，天天用電燈泡暖着，二十一天後雞蛋就會變成小雞？」

　　小嵐說：「當然不是。七天內，每天隔兩小時就要把雞蛋翻動一次，到第八天開始，就三到五小時翻動一次。」

　　曉晴問：「為什麼要這樣翻來翻去的，那多麻煩啊！」

　　小嵐說：「所以，孵小雞要很有耐心和責任心的。我們要翻蛋的主要原因就是要讓雞蛋受熱均勻，避免因受熱不均勻引起胚胎發育不良，導致孵化失敗。」

　　原來是這樣！曉晴和曉星都不住地點頭。

　　「你們說，是先有雞還是先有蛋？」曉星突然提出了一個問題。

　　曉晴不加思索地說：「當然是先有蛋後有雞。我們現在不就是用蛋來孵小雞嗎？」

　　曉星搖頭說：「不對。那這些蛋是雞生出來的呀，沒有雞哪有蛋呢？」

「這……」曉晴一下子語塞了，但她又不服氣地說，「那雞也不是憑空變出來的呀，沒有蛋也就沒有雞。」

「啊！」這回輪到曉星無話可說了。

是呀，蛋是雞生出來的，沒有雞就沒有蛋，但是反過來，雞是用蛋孵出來的，沒有蛋就孵不出雞。曉晴和曉星被這問題繞暈了，天哪天哪，究竟是先有蛋還是先有雞呢？

兩個人只好看着小嵐，想從她那裏得到答案。

小嵐說：「這個問題科學家們已經研究了很久了，直到現在，還是存在着兩種觀點。第一個觀點是『先有蛋後有雞』。二零零八年，加拿大有一位古生物學家，通過對七千七百萬年前的恐龍蛋化石進行研究後發現，恐龍首先建造了類似鳥窩的巢穴，生下了類似鳥蛋的蛋，然後恐龍再進化成鳥類，而雞也屬於鳥類的一種。這位古生物學家因此認為，蛋先於雞就存在了。而雞是由這些生下了類似雞蛋的肉食性恐龍進化而成的。而第二個觀點就是『先有雞後有蛋』。二零零一年，加拿大科學家發現了一種蛋白質，這種蛋白質會加快蛋殼的成型。如果沒有這種蛋白質，就

無法形成雞蛋，而如果沒有雞，就沒有這種蛋白質。而在二零一四年，英國有位博士作了進一步的驗證，也認為是先有雞再有蛋……」

曉星追問道：「那究竟哪種觀點對？」

小嵐說：「其實直到現在，科學界都沒有定論。」

曉星苦惱地撓着頭：「唉，那問題還是沒有解決，究竟是先有雞，還是先有蛋呢？」

曉晴說：「對我們來說，肯定是先有蛋後有雞。」

曉星問：「為什麼？」

曉晴得意地說：「我們就是有了侯安他們給的這籃雞蛋，才有孵小雞的機會呀！」

小嵐哈哈大笑起來：「從這個角度來說，的確是這樣。」

「咕咕。」不知道是誰的肚子響了起來，大家才想起午飯時間已到了。

「煮飯煮飯！」曉星把什麼雞呀蛋呀全拋到腦後了，吃飯要緊！

今天終於可以吃頓正常點的飯了。

紅蘿蔔、白菜、豬肉，還有米……這些平時對他
們來說最普通不過的東西，在吃了好幾頓餅乾之後，
也成了食材中的極品美味了。

　　美味的紅蘿蔔白菜肉片湯，軟軟糯糯的大米飯，
太香太好吃了！三人一豬坐在小涼亭裏埋頭猛吃。

第十一章
好玩的遊戲

今天真舒服啊，終於不再有吃了上頓沒下頓的擔憂了！食材可以吃一天，還可以留一點明天當早餐。

守護神大概低估了他們的能力，以為他們要一天時間才能想出孵小雞的辦法，才能做出孵蛋箱，沒想到半天就弄好了，雞蛋們也已經安安靜靜地躺在了孵蛋箱裏。所以，這讓三人組有了一個下午的休閒時間。

吃完午飯，曉星坐在客廳的地毯上，習慣地掏出手機，準備刷一遍社交平台，看看豬朋狗友們都在幹什麼。還想玩玩打怪獸遊戲，但他又馬上想起這裏是網絡還沒有覆蓋到的地區，只好快快地又把手機放回口袋裏了。

他懶洋洋地躺在地毯上，不知道幹什麼好，沒有電視，沒有互聯網，沒有電子遊戲的日子，好悶啊？

他想着想着，就説出來了。

「其實還有很多好玩的遊戲的。我們的爺爺奶奶小時候，那時沒有網絡，也沒有新奇的玩具，但他們玩的東西，比我們豐富多了。」小嵐說。

曉星好奇地問：「他們一般玩些什麼？」

小嵐說：「爸爸媽媽曾帶我參觀過一個玩具博物館，以前小朋友玩的遊戲可多了，什麼翻花繩、跳房子、扔沙包、拍公仔紙、跳繩、抽陀螺、滾鐵圈、打彈珠⋯⋯很多很多，我都記不清了。」

曉晴和曉星聽了，眼睛睜得大大的，真沒想到，以前的小朋友，有這麼多好玩的東西！

曉晴很感興趣，問道：「翻花繩？跳房子？聽上去很有趣啊，不知道是怎麼玩的。」

「翻花繩是兩個人玩的遊戲，一個人把一根繩子套在手指上，由另一個人把繩子轉到自己手上，變成另一種花樣，可以變出幾十種不同花樣呢！沙包是用布來做成小小的口袋，放進沙子然後縫密，玩法是把一堆小沙包放地上，然後把一個小沙包往上扔，在這小沙包還沒落下來時，用同一隻手儘快去抓起地上的小沙包，抓得越多越好，然後再用抓着小沙包的手把下落的小沙包接住，這就算贏了。」

曉星説：「好有趣，要是能親眼看看就好了。」

小嵐想了想説：「這地方比較偏僻，外面的新鮮玩意進來得慢，説不定這裏的小朋友還有玩以前的遊戲。不如我們去村子裏走走，看看小朋友在玩什麼。」

曉晴曉星都表示贊成，於是三個人興致勃勃地出門了。

他們又去到之前去買東西的那個村子，一路走進去，經過那間雜貨店時，看店的婆婆正坐在門口等顧客上門，見到小嵐他們，熱情地揮手打招呼，小嵐幾個也向她問好。

再往前走，聽到一陣喧鬧聲，原來前面有間學校呢！發出聲音的，正是在學校門口大操場玩耍的小學生，現在應該是他們的下課時間。

四五個小男孩迎面跑了過來，只見他們各自用一根長長的竿推着一個鐵圈，鐵圈在飛快地滾動，男孩子們大呼小叫，奔走如飛。

「滾鐵圈！那就是滾鐵圈！」小嵐指着那些小男孩玩的東西，喊了起來。

曉星看得眼睛都亮了，這滾鐵圈太好玩了。這

時，男孩子們發現了陌生的哥哥姐姐，就都停了下來，好奇地盯着他們看。

曉星朝他們招招手，説：「你們好！」

小嵐和曉晴也笑着朝孩子們問好。

小男孩七嘴八舌地回應道：「哥哥姐姐好！」

曉星指着鐵圈説：「你們這玩具看上去很好玩哦！」

小男孩們都不約而同地挺了挺小胸脯，心裏覺得很驕傲。

曉星問：「能給哥哥看看嗎？」

「可以啊！」小男孩們早就想向哥哥姐姐們炫耀自己的玩具了，聽到曉星説想看看，都爭先恐後地獻上自己的寶貝。

這個玩具製作其實很簡單，一根頂端捏成「U」字形的鐵竿或鐵絲，還有一個直徑大約六七十厘米的鐵圈，沒想到就是這樣簡單的東西，卻能成為孩子們手裏趣味盎然的玩具。

曉星躍躍欲試，他學着男孩子那樣，試圖用鐵竿推着鐵圈走，但在孩子們手裏得心應手的玩具，到了他手裏卻非常不配合，鐵圈一推就「哐啷」一聲倒

下，一連試了好多次，都沒能讓鐵圈滾動起來。

一個瘦瘦小小的男孩子説：「哥哥，我來教你。」

瘦小男孩作出示範：「這樣，這樣，手要穩，力氣不能猛……左手拿圈，右手握竿，然後把鐵圈放在地上，鐵鈎放在鐵圈的下半部分。用鐵鐵竿往前一推，看，鐵圈就開始向前滾動了。」

曉星按照男孩的要領，很快就學會了。他推着鐵圈，飛快地跑着，開心就像駕駛着一架飛機一樣興奮。

聰明的小嵐在一旁看男孩子教曉星，也學會了，她推着鐵圈，跟曉星一樣跑得飛快。

孩子們看了，都鼓起掌來，大喊：「哥哥姐姐好棒！」

曉晴看得眼饞，也讓孩子們教她，誰知道卻怎麼也學不會。鐵圈在她手裏一推就倒，一推就倒，弄得她都沒心情了，撅着嘴把玩具交回給孩子們。

小嵐和曉星玩了好一會兒，跑得滿頭大汗的，才意猶未盡地把鐵圈還給了孩子們。

小嵐擦着汗説：「怪不得有人説推鐵圈是一項強

身健體的運動呢，的確有這種效果。」

曉星興奮地說：「我們回去以後，也做幾個玩。」

不遠處有些女孩子在那裏一跳一跳的，不知在玩什麼。走近一看，小嵐就看出來了：「她們在玩『跳房子』呢！」

啊，原來這就是跳房子！

只見平坦的地上畫了一間由各種形狀，如長方形、正方形、圓形、三角形等「格格」組成的「房子」，整間房子的形狀就像一隻飛機。每個格格內各寫着一個數字，按由下往上的順序，最下面三排分別是一、二、三各一格，第四排由左而右，四、五兩格並列，第五排是六為單獨一格，再往上由七、八左右兩格並列，最上面的頂端，是一個弧型的格格，裏面寫了個「天」字。

幾個女孩子玩得正開心，她們把一個小沙袋往「房子」裏一扔，然後單腳一跳一跳地把沙包拾回來。

細心看，看來沙袋要扔到指定的格內，還不能壓線，否則就算輸。女孩子們玩得興高采烈的，三人組

也看得很開心。

　　他們又見到有一班男孩女孩在跳繩，真熱鬧啊！只見兩個男孩把一根長長的繩子一甩一甩的，而繩子下面同時有五六個男孩女孩，在歡快地跳着繩，不時有人跑出去休息，但又馬上有人加入，不論是正在跳着的，還是離開的，都身形矯健、靈活，一點也沒有碰到那根甩着的繩子。

　　三人組看了一會兒，便趁着有人跑出來時，加入了進去，跟着一幫孩子蹦呀跳呀，叫呀喊呀，玩得小臉紅樸樸的，開心極了。

　　孩子們見到幾個哥哥姐姐跟他們一起玩，都很興奮，還不住地給他們喊加油呢！

　　正玩得高興時，上課鈴聲響了，學生們像一羣快樂的小鴨子，「踢踢踏踏」地跑回了教室。

　　三人組離開了村子。他們玩得很開心，也很有感觸：原來沒有網絡，沒有電子遊戲，還有這麼多好玩的遊戲呢！而且這些遊戲還能鍛煉身體，也有利於孩子們進行集體活動，增進友誼。

第十二章
做一天小農夫

　　早上曉星起來，推開屋子的門一看，馬上嚇了一跳，啊，好大的霧！連只有十幾米遠的尖尖小涼亭，都變得隱隱約約的，只露出那個尖頂，就像雲霧上方的一座小山峯似的。

　　曉星跑到院子裏，只覺得有些騰雲駕霧的感覺。他在院子裏，展開雙臂，上下擺動，滿院子跑着，幻想着自己在雲端裏飛呀飛。

　　這時小嵐也起來了，見到曉星的樣子，笑罵了一聲：「幼稚鬼！」

　　她隨手拿了一個昨天撿回來的小松果，朝曉星扔過去。

　　松果正中曉星的後背，他驚訝地叫了一聲：「噢！誰？誰偷襲我？」

　　「是我。你在幹什麼？」小嵐説。

　　「我在飛呢！你看，我像不像在飛。」曉星又再

搖擺手臂，想滿院子跑。沒想到，他一腳踩在小嵐剛才扔的松果上，一個趔趄，差點跌倒。

「該死的松果，看我掰了你吃！」曉星氣呼呼地撿起松果，把它的鱗片扒開，想取出松子。但沒想到，裏面什麼也沒有。

他覺得很奇怪，怎麼松果裏面沒有松子？他記得之前因為捉迷藏穿越去了大宋，就是在山上撿了很多松果，取出松子拿去賣，讓難民村居民的生活漸漸好起來的。難道是這裏的小鳥特別貪吃，把松子都吃掉了嗎？

小嵐見曉星因為找不到松子一臉疑惑的樣子，便說：「並不是所有松樹的松果都可以掰出可以吃的松子的，能結出可以吃的松子的，基本上只有一種，那就是紅松。尼博村裏長的都不是紅松樹，所以，你就別想能剝到松子吃了。」

「原來是這樣。」曉星有點遺憾地把手裏的松果扔了。

「噢，差點忘了給雞蛋翻身！」曉星一拍腦袋，急忙朝廚房跑去。

他熱心地承擔了每天按時給雞蛋翻身的任務，

從沒耽誤過。這小孩的責任心還是蠻強的。

小嵐洗漱完就去做早餐，這時曉晴也起來了，見到小嵐已經在廚房裏忙開了，也趕緊洗臉刷牙，然後去廚房幫忙。兩人很快做了四碗簡單又美味的湯麵。

懶傢伙笨笨是嗅到香味才醒的，因為牠是從來都不會洗臉刷牙的，所以爬起來就直奔尖尖小涼亭，坐着等吃了。

這時，曉星也翻好雞蛋出來了，大家坐在尖尖小涼亭吃起早餐來。太陽已經開始冒出半個腦袋了，霧也開始消散，到吃完早餐的時候，霧就已經散得差不多了。

小院的門被敲了幾下，曉星趕緊去開門，好期待今天有什麼好吃的。門口果然擺了一個竹籃子，籃子裏面食材好豐富哦，有排骨、有雞蛋、有大白菜，還有米。

籃子裏照例放了張紙條。這次字有點多哦！

只見上面寫着：

任務三，做一天小農夫。
上午八點半準時到達黃花菜田的對面，村長伯伯會教你怎樣種出大米。

「種大米！」曉星眼睛一亮，學會種大米，那回去又多了一樣可以自我吹噓的東西了。相信全班什麼全校同學都沒有種大米的經歷吧！

　　「教我們種大米？有趣有趣！吃了十幾年飯，我還不知道煮飯用的大米是怎麼種出來的呢！」看了曉星拿來的紙條，曉晴有點躍躍欲試的樣子。

　　曉星想了想說：「我記得人們常的五穀，是稻穀、麥子、大豆、玉米、薯類。真奇怪啊，大米為什麼不屬於五穀呢？」

　　小嵐說：「當然屬於呀！稻穀去了稻殼後，就是大米。稻是世界第一大糧食作物，世界上有一半以上的人口以稻米為主食。僅僅在亞洲，就有二十億人從大米及大米產品中攝取熱量與蛋白質。而中國就是世界上最大的稻米生產國。二零零四年，聯合國設立國際稻米年，主題為『稻米就是生命』，這是聯合國歷史上第一次為一種農作物做出這樣的安排，可見稻之重要性。」

　　曉星張大嘴巴：「哇，好厲害！我們有機會學種這麼厲害的稻米，真是太好了！還有，以後沒人再敢說我們『五穀不分了』。」

大家都對種大米這個任務充滿了期待。

八點鐘，大家就從綠野仙屋出發了。雖然黃花菜田離這不遠，十五分鐘左右就能到了。但是作為學生，決不能讓老師等啊，所以要提早去恭候老師——村長伯伯的到來。

沒想到，到了指定的地方，卻發現村長伯伯已經到了，他正站在黃花菜田對田的一塊水田裏，給身旁一頭水牛套上一件農具。

「村長伯伯好！」三名學生很有禮貌地向老師鞠躬，問好。

「呵呵呵，真乖！」村長伯伯笑着說。

小嵐說：「伯伯，不好意思，我們來遲了。」

伯伯說：「不遲不遲，只是我早到了一些，我要給牛套上犁耙。」

曉星問道：「伯伯，這犁耙是用來做什麼的？」

伯伯解釋說：「是用來犁地的，犁地的作用是翻土和鬆土。用人力拉犁很困難，所以要用牛來拖動。」

「那麼翻土和鬆土的作用是什麼！」一向好學的小嵐問道。

伯伯解釋道：「翻土和鬆土都是插秧前的準備工作，目的是把上層土壤翻到下層，使上、下層土壤互換位置。這樣可以讓土壤輪換使用，又可以把之前農作物收穫後留下的殘留物，以及病蟲害翻到下層，成為肥料。另外，可以把早前施入的基肥翻入下層，使土壤各層都有肥料，幫助稻根吸收和生長。」

原來是這樣。大家都聽得直點頭。小嵐又問：「那犁完田以後，我們是不是可以接着學插秧？」

小嵐從電視裏看過農民在田裏插秧，綠油油的秧苗一行一行，排列得整整齊齊的，看上去就像一幅漂亮的水彩畫。小嵐覺得很神奇，很想嘗試一下，也想從自己手下畫出這麼一幅美麗的畫。

伯伯說：「這塊田我昨天已經犁了一半，剩下的一半一個上午應該可以犁完了。不過，犁完田還要經過耙地和平田兩道工序，把土壤耙鬆，把田弄平整，方便插秧。」

三人組聽得很認真，原來插秧之前就要做這麼多準備工作，糧食真是來之不易啊！

伯伯又說：「耙地和平田兩道工序我中午的時候找人來做，下午我教你們插秧。」

「好啊！伯伯，那您現在就教我們犁田吧！」小嵐說着，脫下鞋子，跳下了水田裏。

她半截小腿馬上陷進了泥漿裏，想拔出來得費很大的勁，真有點寸步難行的感覺。這時曉星和曉晴也跟着脫了鞋跳下來了，曉晴東歪西倒的，差點一屁股坐到泥水裏。

伯伯關心地說：「別着急，慢慢來。」

三個人在泥水裏跌跌撞撞地走了一會兒，才勉強控制好自己的身體。這時伯伯教他們趕牛和掌握犁耙的方法。看着伯伯一隻手拿着鞭子趕牛，另一隻手控制着犁耙，很輕鬆很容易的樣子，但到了他們手裏，一人執鞭，兩人扶犁，還是控制不好。不一會兒，三個人衣服上臉上都沾上了泥，十分狼狽。

足足折騰了大半個小時，才開始漸入佳境，開始順利起來。

「不錯不錯，很棒！」伯伯朝三個孩子豎起大拇指。

「伯伯，我們真的很棒嗎？」衣服上沾了很多泥巴的曉星，笑得呲着大白牙，問道。

「真的很棒。城裏來的娃娃，能做到這樣已經很

了不起了。」伯伯點頭微笑着。

「哈哈哈，謝謝伯伯。」曉星得意極了。

得到農民伯伯的誇讚，小嵐和曉晴也挺開心的，頭一回做小農夫就被人誇獎，好有成就感。

伯伯接着說：「你們已經入門了，可以自己操作了。我離開一會兒，安排人手過來耙地和平田。你們慢慢犁，別着急。」

曉星拍着胸口說：「沒問題，伯伯放心去吧！我們把剩下的包了，保證讓您滿意。」

沒想到伯伯一離開，那水牛就馬上鬧脾氣了，站在那裏死也不肯走。

「嘿，怎麼不走了，累了嗎？」小嵐摸摸牛頭。

「臭水牛！伯伯不在，牠欺負我們呢！」曉晴埋怨道。

「算了算了，就讓你休息一會兒。我數二十下，再開始幹活。」曉星開始數數，「一、二、三……」

二十下數完了，水牛仍然站着不走，牠抬頭看着天上的雲朵，好像想從那裏看出一朵花來。

「乖，走吧走吧！」

「再不走不給飯你吃！」

108

「用鞭子抽你哦！」

誰知，軟的硬的，又是哄又是嚇唬，連「水牛哥，幫幫忙好不好」這樣低聲下氣的話也說了，水牛都無動於衷，愛理不理的，連瞧也不瞧他們一眼。牠可是水牛中最傲氣的一隻呀，憑什麼要替你們幾個小屁孩做牛做馬呢！

孩子們都急壞了。怎麼辦？又不能真的去抽牠，不能虐待動物啊，何況水牛這麼辛苦地為人類服務。不過，「天下事難不倒」的小嵐很快想了個辦法，她摘了一大把牛愛吃的青草，綁在一根長竹竿上，在水牛前面晃呀晃的。

水牛一見，心想：哇，發達了，有吃的。早點給我不好嗎？那我就省得裝傲慢了。水牛馬上伸長脖子去咬那青草，沒想到那些小人類真狡猾，牠脖子伸長一點，青草就離得遠了一點，水牛只好邁開腿去追，但那青草卻一直是「可望而不可及」的，水牛就只好拖着金耙一直追一直追，就這樣在「追草」中把田犁完了。

　　幸好，結果還是令水牛滿意的，在牠完成任務之後，那一大把青草就歸牠了。水牛一邊吃一邊想，這幾個小人類不錯，起碼他們沒有把草吃了，而是全部都留給了牠。哇，好鮮好嫩入口爽脆的青草哦！水牛哥滿足得瞇起了眼睛。

　　三個小人類跳上田埂，叉着腰看着犁好的水田，滿足得哈哈大笑，歡慶自己在種大米的道路上邁出了可喜的一步。

　　這時候，大家才發現自己身上髒兮兮的，身上臉上都是泥，便跑到了附近一條小水溪裏，把衣服和臉都擦了一遍。

第十三章

誰知盤中餐，粒粒皆辛苦

「小傢伙，好厲害，都犁完了？」突然從上面傳來聲音。一抬頭，見到村長伯伯挑着擔東西，站在一個高坡上，正朝他們笑。伯伯知道那頭牛的牛脾氣可不怎麼好，還擔心牠不聽使喚呢！

「是呀伯伯，我們很厲害的。」曉星洋洋得意的說。

三個人走了上去，伯伯已找了棵陰涼的大樹，把擔子放在樹下，對小嵐幾個說：「休息一下。」

「伯伯，這就是秧苗嗎？」三個孩子好奇地看着伯伯挑來的兩個大籃子，裏面放着很多綠油油的植物。

「是呀！」伯伯擦了擦汗，笑着說，「每年收割穀子的時候，我們會刻意挑選一些顆粒飽滿、穀籽圓潤的穀穗，曬乾以後，儲存起來，留待第二年作種子。種子要大約四十天長成秧苗，到時就可以把它移

植到田裏。」

小嵐問：「伯伯，稻穀從育苗到收穫，一共要多長時間？」

伯伯回答說：「不同氣候的地區，所需時間都不同。我們這裏就大約要一百天左右。」

「要一百天！真遺憾，我們不能留到收穫那天了。」曉星有點不開心。

伯伯笑着說：「不要緊，到了收穫的時候，你們再來一次好了。」

曉晴一亮：「伯伯好提議啊，小嵐，我們到時候就來一趟，好不好？」

小嵐說：「嗯，這主意不錯。」

曉星興奮地說：「我們帶萬卡哥哥一起來，讓他吃一頓我們親手種的米飯。」

「贊成！」曉星說的是大家的心願呀，當然全部投贊成票了。

伯伯從背囊裏拿出了一包東西，笑瞇瞇地說：「午飯時候到了，咱們先吃飯。我已經找了一些人去平田，我們吃完飯，再休息一會兒，再去插秧。伯伯給你們帶了吃的東西。」

説起來，肚子也真的餓了。不過，要伯伯破費，怎麼好意思呢！

　　伯伯看出了小傢伙們的心思，說道：「也不是什麼貴重食品，只是我家裏人蒸的大饅頭，還有水煮蛋。饅頭是自家種的麥子磨成麵粉做的，蛋是家裏養的雞生的，一點沒花錢。別推辭啊！」

　　「好的，那就謝謝伯伯了。」小嵐也不再客氣了。

　　曉星拿了一個大饅頭，說它大饅頭真是一點不錯，一個差不多有半斤重，曉星咬了一口咀嚼着，眼睛一亮，吞下一口忙說出好評：「伯伯，你家裏人真的很厲害啊，饅頭又鬆又軟，比店舖裏買的還要好吃。」

　　小嵐和曉晴也表示認同，不住地點頭，嘴裏「嗯嗯」附和着。

　　伯伯聽了很開心，說：「好吃就多吃點。」

　　但是，三個傢伙只是各吃了一個饅頭和一隻雞蛋，就吃不下了，饅頭實在太大了。

　　吃完飯，又休息了一會兒，伯伯便和他們回到那塊水田。水田已經平整過了，看上去不再是之前那樣

坑坑窪窪的。淺淺的水看上去像一面鏡子似的，倒映着天上的白雲。

「來，伯伯教你們插秧。」伯伯把小嵐幾個帶到水田的最前面，他從籃子裏拿出一把秧苗，然後説：「你們看好了，首先，左手拿秧苗，右手從左手的秧苗中分一些出來，大概三四棵就可以，記得不要把秧苗弄斷。第二個步驟，用食指和中指鉗住秧苗的根部，掌心朝向秧苗，食指和中指順着秧苗的根朝下，插入泥土中。要留意秧苗和秧苗之間的距離，大約是兩個拳頭寬，要保持秧苗是豎立着，并且根部以上大概三分之一必須在泥土中……」

伯伯耐心地教導着，三個孩子很快就學會了。伯伯又是好一番稱讚，説他們是見過的所有孩子中，最聰明的幾個呢！誰不喜歡被人誇讚啊，三個孩子不禁幹勁十足、熱火朝天。不過，幹了不到半小時就感覺到累了，手腳不由得慢了起來。

做農活的確是很累的，不像坐在室內，不但曬不着太陽，還能享受冷氣或暖氣。農民伯伯可是在露天工作的，冬天冷風吹夏天太陽曬，還得手不停腳不停，他們是很值得尊敬的人。有了農民的辛苦勞動，

我們才有米飯、青菜和瓜果吃。所以，我們在享受着這些食物的時候，不要忘記他們的付出。

當下小嵐和曉晴曉星在水田裏插秧，上面有猛烈的太陽曬着，下面被陽光曬熱了的水蒸着，還得彎着腰插秧。汗珠一滴滴都流到眼睛裏了，也沒辦法騰出手來擦擦。

這時候，他們才真正領會到那首唐詩，「誰知盤中餐，粒粒皆辛苦」這句詩，是多麼的真實，道盡了每一粒稻米來之不易。

伯伯擔心他們累着了，隔一會兒就讓他們休息。但他們見到伯伯都六十多歲了，還一直堅持着，所以在休息了幾次之後，就拒絕了伯伯的好意。

太陽快下山的時候，他們終於把那塊田的秧苗全部插上了。除了最開始插的有點歪扭，之後的就插得很均勻，橫豎都在一條線上，整整齊齊的，就像一排排站軍姿的士兵。看着自己的勞動成果，他們心裏充滿了自豪感和和滿足感。

雖然一身疲憊，腰都痠得快站不直了，但他們的心是自豪的，精神是亢奮的。做了一天的小農夫，他們覺得自己學到了很多知識，有了很多新體驗。

告別了村長伯伯，他們回到了綠野仙屋。洗過熱水澡，洗去了身上臉上的泥巴，洗走了一身疲累。弄乾淨以後，他們又一起煮了大米飯，還有清蒸排骨，雞蛋大白菜湯，哇哦，簡直非常豐富！

他們格外珍惜那碗大米飯，因為那是農民伯伯辛苦了一百天，日曬雨淋才種出來的哦！曉星不小心掉了一顆米飯在桌上，他趕緊用筷子小心地夾了起來，送進嘴裏。不能浪費，粒粒皆辛苦啊！

笨笨好像也感受到了主人的心情，今晚這頓飯吃得格外乾淨，吃完之後還把碟子舔了一遍，把剩下的半粒米飯也舔進嘴裏。結果得到了小主人們的表揚，讓笨笨心情大好。

第十四章
七隻尋找公主的豬

新的一天又到來了。大公雞「喔喔」叫，把太陽伯伯叫了出來，天大亮了。

曉星第一個起牀。自從有了給雞蛋翻身的任務，他就不再賴牀了，每天天亮就起來，跑到孵蛋箱那裏，小心翼翼地把雞蛋翻一遍。人家曉星可是個負責任的孩子哦！

小嵐和曉晴也起來了。簡單洗漱後，小嵐去做早餐，曉晴掃地收拾屋子。

在嫣明苑他們可是飯來張口衣來伸手的，但來到這裏他們很快就學會自己照顧自己了。所以説，人是可以適應環境變化的，沒有什麼事是不能做到的。

早餐吃的是肉片粥，還有昨天伯伯給的兩個饅頭。三人一豬，正好各半個饅頭，再吃一碗粥，剛剛好。

大家都吃得很香，笨笨還是像昨晚那樣，把碟子

都舔得乾乾淨淨，一點也沒浪費。雖然牠不知道這是一種珍惜糧食的好行為，只是想讓主人讚一下而已。而事實上，也真的讓小主人十分高興。公主小姐姐還把牠一把抱起來，在牠額頭親了親，接着玩了牠最愛的遊戲——舉高高。

這時不管是笨笨，還是小哥哥小姐姐都不知道，他們正被偷窺呢！

話說，尼博村裏有這麼一羣豬，這羣豬一共有七隻，牠們是同一個豬媽媽生的，現在六個月大了。六個月，在人類還是小嬰兒，但六個月大的豬已經有兩百多斤了，比一個牛高馬大的成年人還要重很多。

因為他們還只是六個月大，我們還是把牠們叫做小豬吧。但是，七隻小豬卻喜歡把自己稱作「七個小矮人」。

啊！七個小矮人？明明是七隻小矮豬嘛！

原來這七隻豬是白雪公主的支持者。自從在電視上看了《白雪公主》動畫後，牠們就愛上了那個美麗善良的小公主，於是牠們把自己稱為「七個小矮人」，牠們也想去愛一個公主，牠們也想被一個公主愛。

牠們常常幻想着，某一天美麗的公主出現在面前，用又大又亮的眼睛看着牠們，用温暖的手摸摸牠們的腦袋，用清脆得像黃鶯一樣好聽的聲音喚着牠們的名字：「大豬，二豬，三豬，四豬⋯⋯」

　　今天，「七個小矮人」又出來蹓躂了，太陽很亮，風景很好，但牠們總覺得生活不完美，因為牠們一直沒有見到過真人版的白雪公主。

　　牠們走呀走呀，走到了綠野仙屋的旁邊，領頭的大豬突然有點興奮，牠抽抽鼻子，接着又東張西望的，這裏嗅嗅，那裏嗅嗅。

　　「大豬，你在找什麼？」

　　「我嗅到了一股公主的氣味。」

　　「啊，真的？真的有公主的氣味？！」

　　「噢，那豈不是說，公主就在附近嗎？天哪天哪，我們真能見到公主嗎？」

　　大豬嗅呀嗅的，走到了綠野仙屋的籬笆牆前面，停住了。牠激動起來：「在裏面，公主在裏面！」

　　瘋了瘋了，七隻小豬全樂瘋了。牠們沿着籬笆牆跑了一會兒，終於在濃密的綠色植物中間找到了縫隙，七隻小豬一齊湊近縫隙往裏瞧。七雙小眼睛唰地

一下全亮了。大豬激動得結結巴巴的：「找、找到了，真是白雪公主啊！」

牠們看到了，院子裏那個長髮飄飄的，大眼睛的女孩，她抱着一隻小豬，正在親親抱抱舉高高！看哪，她的眼睛跟白雪公主一樣又大又亮，她的頭髮像白雪公主一樣又長又亮，她看着小香豬的眼神又善良又溫柔⋯⋯

七個小矮人，噢，不，是七隻小豬激動得好想哭，白雪公主，我們尋尋覓覓，尋尋覓覓，終於尋找到你了！那麼漂亮，那麼有愛，不是白雪公主還是誰？！

那隻小香豬，快放開公主，公主是我們七個小矮人的！

七雙眼睛既羨慕又妒忌，一起盯着那隻小豬，心裏有個聲音在狂吼着：我也要，我也要，我也要公主親親抱抱舉高高。

七隻小豬激動得想馬上從縫隙裏鑽進去，求公主收留，求親親，求抱抱，求舉高高。但那窄窄的一條縫，牠們那麼胖的體形怎鑽得過呢？而且，那樣會破壞了公主的籬笆牆的，作為一隻愛公主的、文明禮貌

的豬不能這樣。

在大豬的帶領下，七隻小豬沿着竹籬笆牆發足狂奔，要找個能進去的地方。終於，皇天不負有心「豬」，牠們找到了院子的大門。

從門縫往裏一瞧，啊，公主小姐姐正在講故事呢！小豬豬也在聽，牠好幸福。我們也要聽故事，我們也要幸福！

小豬們好激動，好興奮。牠們用爪子拚命拍門，開門哪，開門哪；牠們開始用腦袋拱門，我們要進去，我們要進去！

「咦？又有任務？」聽到拍門聲，曉星站了起來。

「怎麼那麼嘈那麼鬧？」小嵐覺得這不是侯安和朱斯兩人能弄出來的動靜。

聽着院門外亂七八糟的聲音，曉星和曉晴也覺得不對勁了。小嵐拿了張凳子，站了上去，從籬笆牆上探出頭去看。

這一看，她嚇了一大跳！七隻大胖豬擠在小小的院門前，用豬蹄你拍一下，我拍一下，拚命拍門。其中一隻最大的豬，還整個伏在院子的門上，用頭去撞

啊撞，一副不把門弄開誓不罷休的樣子。是誰招惹了牠們？

小嵐嚇得腿一軟，差點從凳子上掉下來，她順勢跳下地，問道：「是一羣豬在撞門，來勢洶洶，好像來尋仇似的。曉星，是不是你對牠們幹了什麼傷天害理的事？」

誰叫曉星是那種「惹禍精」，不懷疑他還能懷疑誰。曉晴也看向弟弟。

曉星委屈地說：「冤枉啊，我又不是吃飽了沒事幹，怎麼會去得罪一羣豬呢？笨笨，你說是不是。」

「哼哼哼哼！」笨笨在說，是呀是呀。

小嵐一臉的狐疑：「沒惹牠們？豬又不是野獸，按理是不會主動攻擊人的呀！」

「我不知道啊！」曉星苦惱地說，他又突然靈機一動，說，「啊，我明白了！人裏面有好人壞人，豬裏面也肯定有好豬壞豬，也許我們碰上一羣流氓豬了，牠們見到我們是外地來的，好欺負。啊，一定是！」

笨笨一聽立刻用小爪子捂住臉，啊，羞死了，自己怎麼有一幫這樣不爭氣的同類，真是家門不幸啊！

小嵐和曉晴被曉星的話驚呆了，流氓豬，有這類豬嗎？

隔壁的侯安和朱斯正打算過來送任務，打開門，卻見到一羣胖豬在撞綠野仙屋的門，不禁嚇壞了。

所有的活動地點，主辦機構都是預先來看過、了解過的，他們認為尼博村的人都善良純樸，民風極好，所以才放心地讓學生來這裏。沒想到現在卻出了疏漏。這裏的人的確很好，問題卻出在豬的身上，青山秀水竟然出了惡豬，真是令人難以預料啊！

趕快把公主從豬的魔爪下救出來。兩人勇氣爆發，鬥志昂揚，一人拿起一根木棍就跑到事發現場，侯安一邊跑一邊喊道：「前面的豬聽着，你們已經被包圍了，快放下武器投降！」

那羣豬停了一下，看了他們一眼，見是兩個黃毛小子，便決定無視，繼續牠們的行動。

「住手，聽見沒有！再不住手，別怪我不留情！」侯安繼續喊着。

可惜那羣豬好像都瘋狂了，根本不理會。

嚇唬不起作用，侯安和朱斯舉着棍子，陷入了尷尬之中，人類要愛護動物，正如人有人權一樣，豬也

有豬權，在牠們沒作出具體攻擊行為時，是不能隨便去傷害的。

正猶豫間，可怕的事情發生了，院門竟然被撞開，胖豬們像一道洶湧的洪流，全湧進了院子裏。

「站住，你們給我站住！」侯安和朱斯大驚，兩人大喊着衝了進去。他們決心和豬拼了，一定要保護好三個學生。

呃？眼前的情景讓他們目瞪口呆。什麼情況？！

七隻豬站在小嵐他們面前，全都仰起頭，嘴裏哼哼哼地叫着，小黑豆般的眼放着光，看向公主。

那是怎樣的小眼神啊，分明滿含着渴望：公主，我們找得您好苦哦！讓我們做您的七個小矮人吧！

小嵐和曉晴曉星雖然不明白牠們想幹什麼，但也從牠們的態度和眼神裏看到了友好，知道牠們並沒有惡意。只是突然被七隻體形巨大的胖豬圍着，一點心理準備也沒有，一時不知該怎麼辦才好。

倒是笨笨從胖豬們的「哼哼」中聽出了牠們想幹什麼，牠們竟然知道小嵐姐姐是公主，牠們希望被收留，牠們想親親抱抱舉高高，還想聽故事！

笨笨一千個不答應，一萬個不答應！公主是我笨

笨的，公主只能對我一個豬親親抱抱舉高高。於是，牠轉身把小屁屁對着那些豬，無視牠們。

七隻小豬們「哼哼」了半天，也知道是豬同人講，溝通上有問題，所以只好由大豬出面，請笨笨小朋友轉達意思了。

笨笨小朋友一點也不想理睬牠們，於是大豬跟小香豬展開了艱難的談判，直到大豬答應給笨笨送許多好吃的，笨笨才點頭答應了。

當笨笨手舞足蹈，姿勢助說話的轉達了豬豬們的願望後，三人組頓時驚呆了。

難道這世界上有天才豬嗎？牠們竟然知道這裏住着公主。為了不驚動尼博村村民，活動舉辦機構沒有透露小嵐的身分，只是作為一名中學生來參加活動，而因為這裏不通網絡，訊息落後，村民都不知道公主長什麼樣子，所以來了這多天，都沒有知道這個漂亮女孩竟然是一國公主。

但是，這秘密竟然被幾隻豬知道了。

其實三人組不知道，哪有什麼天才豬，牠們只是把漂亮的小嵐認作白雪公主罷了。

收留？不可能的。我們很快就要走了，總不能給

你們買飛機票一隻隻全帶回首都吧！

　　還有「親親抱抱舉高高」的要求更是不可能答應的，你們每隻都有兩百多斤重，我們怎麼抱抱呀？還異想天開要舉高高。如果我們能舉起一隻大胖豬的話，那都可以參加奧運舉重比賽了。

　　但小嵐他們也不想去打擊這些想投奔的豬，所以都好言好語地，耐心地跟牠們講道理，請牠們趕快回家。但七隻小豬卻異常地堅定，好不容易找到了公主，牠們決定賴上她了。

　　看着賴着不肯走的豬豬們，曉星無奈地説：「怎可以這麼賴皮，果然有流氓豬的屬性啊！」

　　七隻小豬聽了都很委屈，小哥哥怎可以這樣説牠們呢！

　　牠們開始一臉憋屈地「哼哼」着，聽上去好像在唱歌。

　　是的，牠們的確在唱歌。牠們在唱着從電視裏學到的那首《我是一隻小小小小鳥》，不過牠們去頭去尾去中間，還改了一些歌詞：「……幸福是否只是一種傳説，我永遠都找不到……我尋尋覓覓尋尋覓覓，只想親親抱抱舉高高，這樣的要求算不算太高……」

簡直是句句可憐、聲聲傷感啊，只可惜小嵐他們都不知道牠們在唱些什麼。

幾個人正在無可奈何，不知道怎麼打發走這些不速之客。他們不知道，更大的麻煩在後面呢！

第十五章
動物幼稚園

先不說綠野仙屋裏人、豬雙方談判陷入僵局，尼博村裏，一個美麗的傳說已經傳開了。

小豬七兄弟在尼博村是有點名氣的，因為牠們明明是七隻豬，卻硬要把自己叫做七個小矮人。牠們剛才跑去房子撞門的事已經驚動了尼博村動物界。

池塘裏的鴨子呀鵝呀不抓魚了，田裏的大雞小雞也不找小蟲子吃了，樹上的小鳥也顧不上唱歌了，牠們全都三五成羣地議論着：

「你們知道嗎，七個小矮人去撞房子呢？」

「吃飽了沒事幹唄。」

「那七個傢伙最貪吃了，可能那裏有什麼好吃的。」

「好大的聲響，連門都撞倒了吧！」

「聲音好像打雷一樣，我想房子也被撞塌了。」

「啊，好可怕！牠們瘋了嗎？」

「我知道牠們去幹什麼。」頭上響起一把又粗又啞的聲音。

大家的目光齊唰唰地抬頭，看是誰在説話，發現是站在樹椏上的一隻五彩鸚鵡。

「鸚鵡大哥，快説快説！」大家都想知道準確消息。

五彩鸚鵡説：「七個小矮人去綠房子，是為了找公主。」

五彩鸚鵡剛才從綠野仙屋上空飛過，全都看見了。

「啊，公主！天哪，那美麗的綠房子裏真的有公主嗎？」

「啊啊啊啊，我快要昏倒了！」

「這是我今年聽到的最好的消息了！」

大家都看過白雪公主動畫，故事中的公主，又美麗又善良，除了七個小矮人，森林裏小動物也都是她的好朋友，大家都愛她。雖然大家沒有像七隻小豬那樣，一直在尋尋覓覓找公主，但心裏也是很渴望見到故事裏美麗善良的公主的。

「我們也去找公主吧！」

「贊成贊成！」

「快走快走，我們不能讓七個小矮人把公主獨佔了！」

「好啊，走走走！」

羣情振奮，幾隻大鵝已經搖搖擺擺的，不顧一切地往綠野仙屋走去了。接着，其他雞呀鴨呀鵝呀也跟在後面，小鳥們也在牠們上方飛呀飛呀跟着。

小嵐幾個正拿豬豬們沒辦法，冷不防又跑進來一大羣小動物，雞呀、鴨子呀、大白鵝呀、有着彩色漂亮羽毛的小鳥們也飛來了，全站到院子裏那棵大樹上，好像樹上瞬間長出了很多五彩花朵似的。

「呷呷呷！公主在哪兒！」

「咯咯咯！我們要找公主！」

「鵝鵝鵝！你們眼睛長到腳後跟了嗎？那個最漂亮的小姐姐就是！」

「嘰嘰嘰！公主姐姐我要親親抱抱舉高高！」

院子裏，三人組嚇得目瞪口呆，天哪，河裏游的、地上跑的、天上飛的，都來了。難道他們身上自帶吸引動物屬性嗎？

不同種類的小動物繼續眼睛發亮地看着小嵐，繼

續用自己的語言在說話，在表達自己意願。

院子裏，侯安和朱斯都看傻了。笨笨嚇得躲到主人後面不敢出來，牠又氣憤又委屈，怎麼來了這麼多爭寵的傢伙。我不要，我不要！

曉星的第一反應是：我們自己都要通過勞動才能有飯吃呢，我們要怎麼累死累活才能養活你們這麼一大幫動物啊！

曉晴的第一反應是：完了，綠野仙屋要變動物園了。

小嵐的第一反應是痛心疾首：你們的良心不會痛嗎？主人養你們這麼大，竟然一隻隻要離家出走，絕不能縱容你們！

這時候，尼博村很多村民也發現自己家裏養的雞呀、鵝呀、豬呀都不見了，尼博村上空，響起一片喊聲：

「豬豬呀，你們在哪兒？」

「鵝鵝呀，快回家吧！」

「雞雞呀，你們去哪兒了？」

「……」

小嵐對侯安和朱斯説：「麻煩你們去告訴村長伯

伯，請村民們快來這裏認領吧！」

侯安和朱斯領命去了，不一會兒，村長和幾十名村民來了。知道自己家裏養的雞鴨鵝要背叛自己，村民都覺得有點傷心，同時又暗暗檢討是不是自己對牠們不夠好？

小嵐對那幫傢伙說：「你們看，主人找不到你們，多着急啊！你們好意思嗎？」

那幫傢伙全都點頭，的確是有點不好意思。

小嵐又說：「知道不好意思了，那就趕快回家吧！」

那幫傢伙又再搖頭。不回不回就不回，我們要跟公主在一起。

一時陷入僵局。

這時，村長伯伯對小嵐說：「看來牠們都喜歡跟你們玩呢。從明天起，我們就進入大忙的插秧時節了，家家戶戶大人小孩全體出動，正愁沒有人看管家裏養的雞鴨鵝，還有豬豬等等，不如就委託你們白天幫忙照顧牠們，晚上讓牠們各自回家，好嗎？」

那幫傢伙一聽沸騰了，太好了太好了，答應吧答應吧！一隻隻用渴望的小眼神看着公主姐姐。

這不是要讓我們開辦動物幼稚園，由我們來當幼稚園老師嗎？有趣有趣。

喜歡挑戰新事物的三人組有點躍躍欲試，但是實際操作還是有點問題，比如說要帶他們玩些什麼，因為幼稚園老師可是要每天帶着小朋友玩各種遊戲，還要教認字的。另外，要給牠們吃些什麼，這也是一個很令人頭痛的問題啊！

小嵐向伯伯請教。伯伯說：「你們只需要把牠們趕到河裏，或者山上，看着不讓牠們走丟，別讓牠們打架，就行。中午那頓飯牠們會自己去找吃的，小鴨小鵝可以在河裏找小魚小蝦吃，小雞和豬可以在山上找吃的，小蟲子、野菜、野果，都是牠們喜歡吃的東西。」

是呀是呀！我們很容易帶的。那幫傢伙全在點頭。

小嵐說：「還有一個問題，那就是我們要自食其力，每天完成任務掙取食物。如果要照顧牠們，我們就沒有時間去完成任務了。」

一直處在呆滯中的侯安，這時清醒過來了，他把手裏拿着的「任務紙條」往褲袋裏一揣，對小嵐說：

「特殊情況特殊處理，接下來的任務，就安排你們完成村長的委託吧！」

看着那一羣死心塌地求收留的傢伙，小嵐和曉晴曉星交換了一下眼色，小嵐對伯伯說：「好的，我們接受委託。」

院子裏那一大幫傢伙也許聽懂了小嵐的話，馬上激動起來了。院子裏頓時響起一片歡叫聲：「哼哼哼」、「咯咯咯」、「呷呷呷」、「鵝鵝鵝」……

「那太好了！」村長伯伯很高興，那幫傢伙發出的吵鬧聲音，令他要提高聲調說話，「我知道你們是來體驗自食其力生活的，既然你們幫我們照顧這些吵鬧的傢伙，就由我們提供一日三餐吧！到時我們飯堂的人會送飯給你們的。」

原來，這個村子一到農忙，就會成立一個臨時飯堂，負責全村人的一日三餐，煮好後直接送到村民幹活的地方，那大家就不用在煮飯上花時間，也不用跑來跑去把時間浪費在路上了。

啊，這個好這個好，還省得要自己做飯呢！小嵐他們都很喜歡這安排。

村長伯伯見事情完滿解決了，就讓村民趕那一班

胡攪蠻纏的傢伙回家。

公主姐姐，明天見，不見不散哦！那些傢伙喜滋滋地跟着各自主人回家了。

第十六章
太受歡迎怎麼辦

　　第二天天剛亮，小嵐就被外面一陣吵吵鬧鬧的聲音嘈醒了。

　　「哼哼哼哼！咯咯咯咯！嘎嘎嘎嘎！哦哦哦哦！」

　　「公主姐姐！公主姐姐！公主姐姐！公主姐姐！」

　　小嵐趕緊爬起牀。旁邊曉晴也醒了，她擦擦眼睛，愣愣地看着小嵐，問：「什麼聲音？」

　　小嵐哭笑不得地說：「肯定是我們的學生來了。」

　　「這麼早過來了！」曉晴呆住了，天哪，別那麼着急好不好！

　　這時，房間響起了曉星的聲音：「兩位姐姐救命啊，外面很吵，擾人清夢。」

　　沒錯，幼稚園新生來了！牠們做了一晚上的好

夢，心心念念的，早上一大早就起來了，就像一幫盼望去春季旅行的小朋友。這時，他們在綠野仙屋的大門外面聚集着，拚命拍門，說着小嵐他們聽不懂的話：開門哪，開門哪，公主姐姐我們來了！

鸚鵡大哥飛來了，牠居高臨下地站在院子裏那棵大樹上，用粗啞的聲音叫着：「開門！開門！」

鸚鵡大哥是動物界裏語言能力最強的。但人類的話太難學了，所以鸚鵡學舌只能學會短句子。

小嵐爬起牀去開門，門一開，「哄」的湧進來許多學生，把公主圍了個水泄不進。牠們求親親，求抱抱，求舉高高。

小嵐花了一些時間才明白牠們要求什麼，但是，這有點難啊！想了想，決定使出「摸摸頭」絕技。摸摸頭，這可是人類寵溺指數五顆星的必殺技啊！

來吧！於是，一隻隻摸過去。新生們頓時炸了，其實牠們的情感跟人類是一樣的，牠們都感受到了被公主寵愛的感覺。好幸福哦！

一百多的新生，要摸完還真要費點時間，何況還有些混水摸魚蹭了第二次摸摸頭。

「嘻嘻，你知道嗎？我被公主摸了兩次頭呢！」

「啊，真的？」

「不公平，我也要公主摸兩次頭！」

為所有學生都送上「愛的摸摸頭」之後，小嵐累到手都差點抬不起來了。

學生們都感到非常幸福和滿足，牠們乖乖待在院子裏等三位老師洗漱好，浩浩蕩蕩跟着老師出門了。

到了目的地，鵝和鴨下了河，豬和雞上了山，自個兒找吃的去了。

三人組看到那麼乖那麼聽話的學生，都很高興。

飯堂嬤嬤送來了熱氣騰騰的早餐——肉包子，小米粥，還特別送了一盒鮮紅的櫻桃，說是村長伯伯從自家果園裏摘的，送給他們吃。

嬤嬤離開後，三人組和笨笨開始吃早餐。雖然，這些東西平時在嫣明苑時屬於普通不過的食物，但這時候他們吃起來卻覺得特別美味，因為裏面充滿了人情味呢！

三人組吃完早餐，學生們也都吃飽了，鵝和鴨在河裏游泳洗白白，豬和雞在山上追逐撒歡，牠們時不時就朝坐在草坪上的公主看，公主姐姐在看着我們呢，好幸福哦！

不一會兒，學生們又來求愛的摸摸頭了，小嵐不想自己累死，就讓曉晴曉星一起來，但小動物卻不肯呢，都躲着，非要公主姐姐摸才算。小嵐只好當着牠們面，先去摸了曉晴曉星的手，說：「姐姐的手累了。姐姐把愛和福氣轉了一些到他們手上，讓他們替我轉達給你們哦。」

　　大家想想也對，嗯，不能讓公主姐姐太累哦。就這樣，愛的摸摸頭環節就由三個人分擔了，小嵐才沒那麼累。

　　摸完頭，牠們又想聽故事。小嵐只好講《安徒生童話》給牠們聽，看學生們興奮的樣子，可能真的能聽懂呢！

　　學生們還是很容易滿足的，聽完故事之後，又成羣結隊跑去玩了。得給公主姐姐和小哥哥小姐姐一點時間，讓他們好好坐在草地上，瞧瞧青山綠水，看看藍天白雲，欣賞山村好風光。

　　三人組正在看美景，五彩鸚鵡來了，牠張着大嘴巴，「呱呱呱」叫了幾下，就用粗啞的聲音喊着：「老鷹捉小雞！老鷹捉小雞！」

　　什麼意思？叫我們陪牠們玩老鷹捉小雞遊戲嗎？

小嵐幾個人正在疑惑不解，就見到鸚鵡轉頭飛走了，一邊飛還不住回頭看他們，好像在讓他們跟着走。

三個幼稚園老師只好跟着鸚鵡跑，跑不多遠，就見到一幅令人驚心動魄的畫面——一隻老鷹張開一米多長的翅膀，兇猛地從天上俯衝下來，伸出巨大的爪子，要抓地上的大雞小雞，嚇得雞們四處逃命。

「老鷹，不許你欺負雞！」三人組一人拿一根樹枝，朝老鷹衝了上去。

老鷹嚇了一跳，心想這三個兩腳動物好兇惡，還是別惹他們。牠趕緊一飛衝天，拍着翅膀飛走了。

雞們驚魂未定，雞爪子顫抖着，好怕喲！還是公主姐姐每隻給了一個愛的摸摸頭，才安撫好牠們。

接下來老師跟牠們玩了老鷹捉小雞遊戲，老鷹由曉星扮演，而小雞就是真的雞了。通過做遊戲，三人教會了大雞小雞怎樣防備老鷹、躲過傷害。

這邊的事情剛解決好，那邊小河裏又鬧翻天了，鵝和鴨起了糾紛，「嘎嘎嘎，哦哦哦」，吵得不可開交，還得小哥哥小姐姐去調解，才讓牠們閉上嘴。

沒想到，這時候又輪到七個小矮人作怪了，牠們趁公主他們去了救雞、給鵝鴨調解矛盾時，竟然跑去

偷吃笨笨的小零食——曉星留給牠的山楂果。可憐的笨笨，只會一邊大聲叫着，一邊用小爪子護着零食。

「欺負弱小是不對的！」公主姐姐生氣地訓斥七個小矮人。

七個小矮人可憐巴巴地看着公主姐姐，惹公主姐姐生氣，真不應該啊！看動畫裏那七個小矮人，就從來不會讓公主生氣。

不敢了，以後都不敢了。

七個小矮人說到做到，之後牠們不但自己以身作則做到最好，還主動去幫助同學，給弱小的同學主持公道。

一天下來，三位老師雖然很累，但同時更有成就感。做幼稚園老師挺不容易的，但幸好學生們還能聽道理。那些不安分的學生，愛欺負弱小的學生，通過調教都變老實了，讓老師們很滿意。

作為獎勵，小嵐下午又讓曉星給牠們講了《格林童話》。看牠們聚精會神的樣子，真的能聽懂呢！

一天的幼稚園工作完結了，回到綠野仙屋時，雖然有點累，但更多的是開心快樂。

學生們更加快樂，牠們每天都把幼稚園的開心經

歷告訴朋友。一傳十，十傳百，幾天之後，幼稚園的名聲已經傳到了附近村落。

幼稚園成了動物們每天的熱門話題。

甲動物跟乙動物說：「你們有聽說嗎？美麗善良的公主在尼博村辦了一個幼稚園，公主每天給學生講故事，玩遊戲，還給『愛的摸摸頭』。」

乙動物跟丙動物說：「你們有聽說嗎？美麗善良的公主在尼博村辦了一個幼稚園，公主每天給學生講十個故事，玩十個遊戲，還給十個『愛的摸摸頭』。」

丙動物跟丁動物說：「你們有聽說嗎？美麗善良的公主在尼博村辦了一個幼稚園，公主每天給學生講一百個故事，玩一百個遊戲，還給一百個『愛的摸摸頭』。」

哇，竟然有這樣好的事！我們也要去公主幼稚園，也想聽一百個故事，玩一百個遊戲，得到一百個愛的摸摸頭。於是，呼朋喚友，浩浩蕩蕩的隊伍，去尼博村找公主姐姐去了。

於是，小嵐的幼稚園學生越來越多。 啊啊啊，太受歡迎怎麼辦？真令人煩惱。

第十七章
大象去哪兒？

　　我們暫時不講公主幼稚園如何名聲在外，我們先來看看這幾天轟動全烏莎努爾的一件大事。因為小嵐他們不能上網，所以還不知道這件事呢！

　　離尼博村幾百公里遠的温埔省野生動物自然保護區，有十一個龐然大物離家出走了。

　　喂喂喂，說清楚一下。究竟是什麼龐然大物？比之前欺負過小嵐他們的水牛大哥還要大嗎？

　　水牛大哥算什麼？牠頂多三百公斤重，而這些龐然大物，每隻的重量是水牛大哥的十多倍呢！

　　啊，比水牛重十多倍？豈不是重三千多四千公斤，天哪天哪，世界上竟然有這樣的龐然大物？！

　　當然有。那是大象，十一隻大象！

　　這十一隻大象在幾天前突然離開生活了多年的家，夜以繼日地一路向北走。

　　為什麼原本住得好好的大象，會突然出走？牠們

究竟要去哪裏？是受欺負了，是住得不舒服了，還是任性地想來一趟説走就走的旅遊？

沒有人知道。因為牠們沒説，嗯，即使説了也沒人聽得懂。

只是，牠們這一走，鬧出大麻煩了。

這十一隻都是亞洲象，其中十隻剛滿十五歲，身高在兩米五到三米左右，體重三到四千公斤。

你們知道四千公斤有多重嗎？足足是八十多個六年級小學生加在一起的重量，是不是很嚇人？其中一隻是小象，但也重達百多兩百公斤。反正如果有哪個倒霉鬼不小心被牠們任何一隻踩到，都有可能變成了一塊大薄餅。

雖然説大象是一種溫馴的動物，一般不會主動襲擊人。但任何事情都有例外，如果受到驚嚇，或者因為什麼事發起脾氣來，那也是很嚇人的。早些年印度有戶人家舉辦婚禮，放鞭炮時發出的聲音令一隻大象受到驚嚇，這隻大象在婚禮現場橫衝直撞，一口氣掀翻了多輛汽車，還用鼻子去揍人，嚇得參加婚禮的人四散逃命，好好的婚禮就這樣被牠破壞了。

不過，即使牠們不主動襲擊人，讓這樣一羣龐然

大物進入人口密集的地方，也挺麻煩的。牠們不懂交通規則，如果牠們跑到馬路上，一定會造成大堵車；牠們不知道哪些地方該去哪些地方不該去，要是跑到農田，種下的農作物哪經得起牠們的大腳踩來踩去的？農民伯伯辛辛苦苦種出來的東西都被牠們糟塌了。要是撞到民居，那更會造成人命傷亡的啊！

反正就是大麻煩。即使牠們規規矩矩地走人行道，那也不行，牠們的鼻子總甩來甩去，路上行人會被牠們一個接一個撞飛的。

除了生怕大象給人類社會造成影響之外，還擔心牠們自身的安全。本來，牠們在自然保護區裏生活很安全，但出去就難保了，因為世界上還有那麼一小撮貪婪的人，為了金錢去傷害大象，把象牙鋸掉拿去賣。

還有專家認為，大象一向生活在熱帶森林、叢林和草原地帶，如果牠們持續往北行，遠離適宜棲息的地方，一旦氣溫變冷或遇上極端變化，都有可能讓牠們受不了，生病甚至危及生命。

為了這十一隻大象，溫埔省政府部門可緊張了，他們把事件上報首都各有關部門，請求指示，請求援

助。

接到有關報告的時候，萬卡國王正在吃早餐。沒見到小嵐多天，怪想念的，不知道她和另外兩個小傢伙怎麼樣了。能自力更生掙到伙食費嗎？能解決各種困難嗎？他甚至都有點後悔讓他們參加活動了。

這時秘書拿來幾份文件，放到餐桌上。一個人吃早餐的時候，萬卡國王都會習慣地邊吃邊看文件，當他看到第一份文件時，有點哭笑不得，什麼？十一頭大象離家出走？真任性。這幫大象究竟想幹嘛呢？竟然離開祖祖輩輩居住的地方，也不知牠們想去哪兒。

國王馬上發出命令，要求有關部門必須高度重視這件事，儘早讓象羣返回原居住地，務必做到不讓任何一個人、一隻象受到傷害。另外，責成溫埔省政府對自然保護區加強管理，今後不要再有類似事情發生。

國王命令下達後，溫埔省政府指示有關部門迅速組成一支名為「讓大象回家」的特別行動隊，阻止牠們繼續向北走，想辦法讓牠們返回自然保護區。

但這事做起來是困難重重。想讓大象回家，這太難了，語言不通啊，沒法給牠們講道理。特別行動隊

隊員們試過用牠們喜歡吃的食物去「引導」牠們走回頭路，但牠們狡猾的，把食物吃掉了，卻偏不往你引導的那條路走，讓人們十分無奈。特別行動隊只好遠遠跟着，用無人機在上空航拍跟蹤，一路護送着這既保護大象，也保護沿途百姓。

讓我們近距離去觀察一下這羣出走的大象吧！也順便了解一下牠們的內心世界。原來，牠們之所以離開自幼長大的地方，是電視劇惹的禍。

原來有一天，人家幾個保護區管理員在休息室裏看一部叫《大俠走天涯》的電視劇，說的是一個人類少年，在他十八歲成年禮那天，懷着一個大俠夢出門闖江湖，鋤強扶弱、打抱不平，從此江湖有了他的傳說故事。

那天，一隻象中小領袖，被大家稱為「象大大」的大象因為閒得無聊，帶着幾個小伙伴湊在窗口，蹭看電視。看了一會兒《大俠走天涯》後，幾隻象就動起了小心思。

因為牠們過幾天就十五歲了，在象家族，十五歲就算進入成年。象大大和小伙伴互相碰碰鼻子，說起了悄悄話，並很快決定了一件事——牠們也要在十五

歲成年禮的那天，出去闖蕩江湖，在江湖留下牠們的美麗傳說故事。

就這樣，由象大大牽頭，家族裏另外九隻年齡相仿的大象響應，組成了一個「瀟灑走一回」的十象小隊，在一個晴朗的早上，離開了保護區。

十隻象？不是説出走的是十一隻大象嗎？怎麼這裏又説是十隻？

原來，「瀟灑走一回」小隊成立時，的確是十隻大象，但牠們悄悄出走的那天早上，不小心被象大大那個剛出世十幾天的弟弟發現了，撒潑打滾一定要跟着哥哥走，沒辦法，大家只好把這個難纏的小傢伙給帶上了。

啊，帶着剛出生十幾天的小象去「瀟灑走一回」，這羣傢伙也太不可靠了！剛出生十幾天的娃娃，還不會走路，還得餵牛奶，還得給包尿布，怎可以帶着出遠門。

哦，別擔心。給大家增進科普知識，大象懷孕的時間比人類長了一倍多。人類胎兒在媽媽肚子裏十個月就出生了，而小象在象媽媽肚子裏要二十到二十二個月才肯出來。因此牠們一出生就很強壯，一個小時

後就能走路了。

這隻剛出生十幾天的象寶寶重一百二十多公斤，但爸爸媽媽還嫌牠長得瘦小，所以給牠改名「細細粒」。一百二十多公斤的細細粒？哈哈哈，太好笑了，這細細粒可真夠大的。

「瀟灑走一回」小隊就這樣走上了牠們的傳奇旅程。牠們這一走，讓很多人操了心，也暖了很多人的心。

牠們懷着大俠夢，一路打抱不平。有一次路過一家農戶，見到門口掛着一個鳥籠子，裏面關着一隻小鳥，小鳥「吱吱喳喳」地叫得很可憐。象大大一聲號令：「救鳥！」

一個小伙伴馬上挺身而出拯救小鳥。牠用鼻子把籠子取了下來，又控制着力度，在不傷到小鳥的情況下，把鳥籠踩破了。小鳥從破洞裏飛了出來，飛回森林去了。

又有一次，牠們遠遠聽到豬叫聲，走近一看，見到一戶人家門口的豬圈裏，關着十幾隻小豬。象大大馬上下命令：「救豬！」

又一隻大象主動接受任務，牠把人家的豬圈踢了

個大洞，把裏面的豬全部放跑。但沒想到這是農夫伯伯家的母豬生的豬娃娃，小豬滿世界亂竄，母豬找了幾天才把自己的孩子全部找回來。

就這樣，大象一路上放走了不少家禽家畜，弄得主人們天天找豬找鴨。

大象們一路上還闖了不少禍。牠們以為田裏種的農作物是野生的草，把農民伯伯辛辛苦苦種出來的莊稼吃了；有一次牠們渴了找不到水，竟然用鼻子勾開了一家農戶院子的門，你一口我一口的把人家釀的幾罈酒喝光了。

全社會都在關注着這羣大象。

對牠們鬧出的各種惡作劇及一些破壞行為，人類都表現了極大的愛護與寬容，對於被象羣吃掉的莊稼，農民伯伯表示：「大象只是不懂人類社會的規矩而已，不是故意做壞事。不要緊的，我們的莊稼被吃掉了，頂多少了一些收入，但大象是珍稀動物，沒一隻就少一隻，我不想餓着牠們。」很多人還預先把食物放在象羣經過的地方，給牠們充飢。

大象們也真的做過很多好事。比如有一次，一個調皮的小孩子爬上了一棵大樹，他覺得很好玩，於是

越爬越高。結果往下一看，哇，好高，他害怕了，不敢下來了。樹下的爺爺奶奶爸爸媽媽嚇得心驚膽戰，想救孩子但又爬不上去。還是象大大用長鼻子往上一捲，把小孩捲住送回地上。牠的英雄救人行為贏得了一片掌聲。

牠們還幫小朋友去河裏撈球，幫小朋友摘下掛樹上的風箏，牠們還把人們忘了關的水籠頭關上……

大象家族充滿溫情的一面，也感動了人類。

休息時，總有一隻大象在警覺地站崗守衞，讓睡覺的伙伴們能做個好夢。

牠們從不獨吃，發現食物都會和同伴一起分享。

牠們愛護弱小，那隻小象細細粒總是被牠們照顧得很好，連睡覺時，都把牠拱衞在幾頭象中間，讓牠在哥哥姐姐們的保護下幸福地酣睡。

看大象的新聞成了人們每天的樂趣，特別是小朋友，他們本來就喜歡大象，但因為爸爸媽媽工作忙，他們一年去不了幾次動物園，現在每天都可以在電視屏幕上見到大象，這讓他們高興極了。

原來大象竟然是游泳好手。牠們每小時可以游兩到三公里，連續游上五到六個小時也不覺得累，多寬

的大河也不會害怕，反正就是超級厲害。

許多小朋友本來不知道大象是站着睡還是躺着睡的，因為他們從沒見過大象睡覺，每次去動物園的時候，牠們總是神采奕奕地走來走去。但現在他們親眼看見了，大象會躺着睡，但大多時候是站着睡。

電視新聞給小朋友傳遞知識，大象日常大多是站着睡，偶爾太累了也會躺着睡。不過，成年大象躺着睡的時間很短，不像人類那樣躺着睡一整晚。成年大象即使偶爾躺下睡覺，一般也就躺個十幾二十分鐘，就會醒來。

大象不能長時間躺着睡的原因，和牠們的身體有關。大象體形龐大，體重能達到五千到八千公斤。這麼大的身形，如果躺着時間太長的話，會對心臟、肺部產生壓迫，進而導致血液循環不好、呼吸困難等問題，嚴重的還會導致大象在睡夢中死亡。大象站着睡覺還有一個好處，就是能防止一些小型動物鑽進牠們的鼻子裏。

小象就沒有這個擔憂，牠們可以放心地躺下來睡覺，不過隨着年齡的增長，牠們的身體越長越大，越來越重，那時候也得像爸爸媽媽一樣站着睡覺了。

總之，這羣大象越來越受到寵愛，互聯網上每天都有牠們的新聞、牠們的照片，牠們全都成為「網紅象」了。

　　但是，大象們一天不安全回家，政府部門和市民大眾就一天不能放下心。

第十八章
下一站找公主

大象之所以闖蕩多時仍不肯回家，牠們始終有個遺憾，在牠們十五歲成年歷練的過程中，仍缺少一個暖心的祝福，一場熱鬧的狂歡。

直到有一天，這羣長鼻家族無意中聽到了樹上一羣小松鼠的閒聊八卦。

一隻長有柔軟羽毛的漂亮小松鼠說：「你們知道嗎？尼博村出大事了！」

「尼博村？小柔，尼博村在哪裏？發生什麼事了？」

「我知道尼博村！我爺爺年青的時候和一幫朋友去過，好遠呢！途中很苦很累，五十隻鳥去，才十幾隻到了目的地。其他的都熬不住，掉頭回家了。」

「這麼遠！我想這輩子也別想去了。小柔，尼博村出什麼大事了？」

「尼博村有個公主姐姐！」

「尼博村有公主姐姐？！真的？天哪天哪，怎麼辦？我恨不得馬上就見到公主姐姐！」

「我也想去，我喜歡公主姐姐。」

「聽說公主姐姐美得就像動畫裏那樣，眼睛就像天上星星一樣亮晶晶的，嘴唇就像玫瑰花瓣一樣紅豔豔的，說話聲音就像黃鶯的歌聲那樣動聽……」

「哇哇！」小松鼠們眼睛睜得大大的。

小柔見小伙伴被震驚的樣子，很開心，牠們應該好久沒聽到這樣震撼的八卦了吧！於是牠說得更起勁了：「公主姐姐還很善良，很有愛心，她辦了一個動物幼稚園，帶着小動物講故事，還有玩遊戲、滑滑梯、轉轉椅、盪鞦韆……」

「哇哇哇，真的嗎？！」小松鼠們眼睛睜得溜圓。

牠們當然知道幼稚園，那是人類小朋友每天在一塊玩的地方。多少次牠們站在幼稚園的大樹上看着，都羨慕死了。

難道真的有公主姐姐帶着我們玩這些嗎？那我們豈不是比人類小朋友還要厲害，還要幸福！

「當然真的！連摩天輪、海盜船、跳樓機，應有

盡有。」小柔繼續説着，連牠自己也忘了這些是真的聽説過，還是把自己心裏的幻想説出來了。

「哇哇哇哇，太有趣了！」小松鼠們眼珠都快要掉出來了。

「還有呢。公主姐姐還會親親、抱抱、舉高高，還有愛的摸摸頭 。」

「哇哇哇哇哇！我也想親親、抱抱、舉高高，我也要愛的摸摸頭。」小松鼠們頓時歡呼起來。

「小柔，你真厲害！尼博村離這裏好遠哦，你都能知道。」

「我聽我哥哥説的。我哥哥是聽一個喜歡旅行的大叔説的，而大叔是聽牠的姑父説的，牠姑父是聽一隻信鴿説的，而信鴿是聽一隻五彩鸚鵡説的……」

「唉，我好想去尼博村找公主姐姐啊，但是路途太遠了……」

「我也想。但作為一隻小松鼠很難去那麼遠的地方，真是愁死了……」

「好遺憾啊，唉！」

這幫小松鼠「吱吱喳喳」地説着話，歎着氣。

小松鼠沒留意到，在牠們站着的那棵長得很高枝

葉又很茂密的大樹下，有一羣長鼻家族在歇息，牠們的話也被長鼻家族一字不漏地聽到了。

象大大跟小伙伴商量了一下，決定去尼博村尋找美麗善良的公主姐姐，求一個暖心的祝福，圓一個最美的夢。

「好，我們就去尼博村。」象大大一甩鼻子。

象大大突然想起，牠不知道尼博村在哪兒呢！不過，象大大是很聰明的動物，牠很快有了主意。

八卦小松鼠小柔正站在樹枝上，繼續和小伙伴談論尼博村幼稚園，談論美麗的公主，不提防小腦袋被什麼拍了一下。

「喂喂喂，誰拍我的頭？我最不喜歡別人拍我腦袋了！」小柔摸摸小腦袋，惱火地說。

但接着牠卻看到小伙伴們個個一臉驚恐地看着牠背後。小柔回頭一看，媽呀，竟然是一頭大象，剛才就是大象用鼻子碰了牠一下。小柔嚇得想逃，卻被長鼻子輕輕按住了。

「大、大象哥哥，饒命啊！我我我，我再也不敢在這多嘴，影響您休息了。」小柔看着比牠大了不知多少倍的大象，嚇得渾身顫抖。

按着小柔的正是象大大，牠看着小柔說：「小姑娘，別害怕，我不會傷害你們的，我只是想跟你們合作。」

小柔見到象大大樣子還挺和善的，稍稍放了點心，但牠隨即又覺得自己聽錯了：「您是說……您是說和我們合作？」

是呀，一羣高大威猛的大象，和一羣小得還比不上大象一片腳板的小松鼠合作，簡直是天方夜談啊！

象大大說：「沒錯。你們想去尼博村找公主姐姐，但你們力氣小走不了那麼遠的路；我們也想想去去尼博村找公主姐姐，但我們不認識路，那我們可以合作，我們背你們去，你們給我們帶路。」

「啊，真的？！」小柔一聽喜出望外。

其他小松鼠也樂了。

「哎呀，太好了！我們可以去尼博村了。」

「小柔，快答應！」

「坐着大象去旅行，沒想到還有這麼威風的一天！」

「松鼠史上最光彩的一頁啊！」

就這樣，雙方在友好的氣氛中達成了協議，決定

明天一大早就起行，前往尼博村。

第二天一大早，雙方準備啟程了。

「細細粒，這是我們送你的禮物！」小柔帶着幾隻小松鼠從樹上跳下來，小柔手裏拿着一頂美麗的花冠，給細細粒戴在頭上。

細細粒好漂亮啊，就像一位帥帥的小象王子。

原來小松鼠們很喜歡那萌萌的、眼睛彎彎總像在笑的細細粒，所以採來五顏六色的小花朵，連夜給牠做了一個花冠。

見到小松鼠們對自家小心肝細細粒友好，長鼻家族都對這些合作伙伴很滿意，於是，牠們紛紛招呼小松鼠們坐到背上。每隻象的背上都站了好多隻小松鼠，在柔和的晨光中，牠們出發了，朝着牠們向往的動物幼稚園，朝着牠們仰慕的公主姐姐，一路尋去。

太好了，長鼻家族快要見到我們的小嵐和曉晴曉星了。

「讓大象回家」特別行動隊這些日子真是身心疲憊啊，又要保護好市民，又要照顧到大象的安全，還得想盡辦法讓牠們返回原居地，真是辛苦極了。

見到大象們今天很奇怪，不像之前總是走走停停，停停走走，好像目的地不明似的，這回是很堅定

地朝一個方向走去。

而更奇怪的是牠們身上還有很多「乘客」——一大羣活潑可愛的小松鼠。

特別行動隊全方位監視，航拍機在天空飛着，快艇在海裏跟着，大隊人馬遠遠地尾隨着，一切都在為象羣保駕護航。

千千萬萬的人在關注着牠們的動向：

「象羣穿過平安市。」

「象羣進入長陽鎮！」

「象羣往尼博村走去……」

烏莎努爾人在關注着，全世界的人在關注着。

萬卡國王也在關注着長鼻家族的動向，當他見到「每日象情」的報告書上寫着的「尼博村」三個字時，不禁「咦」了一聲……

第十九章
開心的幼稚園老師

　　小嵐他們這段日子在尼博村過得好充實，幼稚園老師這份工作讓他們無比快樂。

　　這期間還發生了一件大喜事——十隻小雞終於破殼出生了！黃色的毛，紅色的小嘴，黑色的眼睛，捧在手上，就像捧着個温暖的小毛球。十隻小雞成了動物幼稚園最小的學生，得到了老師和全體同學的關懷和愛護，牠們是世界上最幸福的雞寶寶。

　　這天一大早，小院的門又被學生們拍得「砰砰」響了，牠們都是世界上最熱愛上學的孩子。

　　曉星正在院子裏做早操，聽到拍門聲，趕緊跑去開門。小嵐和曉晴跟在他後面。

　　「呷呷呷！」

　　「咯咯咯！」

　　「鵝鵝鵝！」

　　「嘰嘰嘰！」

「咩咩咩」

「汪汪汪！」

「喵喵喵！」

「嘰嘰嘰！」

學生們都用各自的語言，向公主姐姐和另外兩位小哥哥小姐姐説「早安」呢！

有沒有注意到多了幾種聲音？對，就是「咩咩咩」、「汪汪汪」、「喵喵喵」和「嘰嘰嘰」。最近幼稚園加入了不少新同學，長着鬍子的羊，愛撒嬌的小貓咪，還有喜歡搖尾巴的狗狗。至於「嘰嘰嘰」，那就是我們的幸福雞寶寶了。

「咇咇咇！」曉星拿出哨子吹了起來，又喊道，「同學們，集合了！」

學生們馬上按種類，再按高矮，兩個一排站好，長長的隊伍排得整整齊齊的。看，動物幼稚園的學生就是那麼棒那麼厲害。

曉星又喊了一聲：「齊步——走！」

小嵐和曉晴走在隊伍兩邊，不時把太活潑或太興奮而偏離了隊伍的小傢伙趕回隊伍中。而侯安和朱斯就負責殿後，把個別走得慢的小小雞呀小小鴨呀，放

在肩上、手上、頭上，做一部人肉「收容車」，忙得不亦樂乎。

在曉星「呦，呦，呦呦呦……」的哨子聲中，動物們昂首闊步地走在尼博村的黃土路上。沿路許多在田裏幹活的村民，都紛紛直起腰來，有的朝隊伍招手，有的豎起大拇指。

有了動物幼稚園，農夫伯伯都不再擔心自己養的小動物餓了，被欺負了，或者打架生事了。大家都很感激小嵐他們解決了後顧之憂。

到了目的地，曉星一聲令下：「解散，自由活動！」

頓時雞飛狗走，學生們無拘無束，各自去找吃的。吃飽以後，就跑到一片開闊的大草坪上，乖乖坐好，等待牠們每天最盼望的「說故事時間」了。

這些天，是由公主姐姐講《西遊記》故事。

牠們太喜歡這個故事了，因為故事主角跟牠們一樣，也是一隻動物，一隻能上天入地的猴子，這讓牠們既激動又自豪。

原來我們動物界有這樣厲害的老前輩！

許多學生都自動代入故事的角色中，比如幾隻

豬豬就爭着改名叫「豬八戒」，小羊們就説自己是「羊力大仙」，而幾隻狗狗就搶着要做厲害的「吼天犬」，雞鴨鵝們就盤算着怎樣去尋找孫悟空，很想親眼看看那「神奇的七十二變」……

愉快的時間都是過得很快的，轉眼又是午飯時候了。小嵐宣布，學生下午放假，各回各家，各找各主人，因為村長伯伯宣布下午尼博村村民放假，讓辛苦多天的村民們歇一下。

笨笨最高興。被其他動物霸佔了許多天的小主人，今天下午可以只屬於牠一個了。

吃完午飯後，小嵐和曉晴在院子裏澆花，曉星去屋裏翻雞蛋。因為已過了八天，所以，不用像開始時翻得那麼頻密，三到五小時翻一次就可以了。

曉星小心地把雞蛋全部翻了一遍，然後又把每隻蛋都仔細地瞧了瞧，嘀嘀咕咕地説：「不知道小雞長出腦袋沒有呢？」

嘀咕了一會兒，他就跑回院子，走進尖尖小涼亭，懶懶地癱在椅子上。

「懶人！懶人！」有誰用粗啞的聲音在喊。

曉星一下子坐直了，姐姐們在做事，這分明是説

我啊，誰這麼大膽？！氣死我了！

曉星氣哼哼地四處瞧瞧，除了他們三人組，沒其他人呀？

「懶人，懶人！」那把討厭的聲音又在喊了。

這回曉星聽出聲音來自他後面，猛一轉身，見到一隻五彩鸚鵡站在籬笆牆上，正歪着頭看着他。

「是你嗎？一定是你！」曉星十分生氣，他用手一鸚鵡，喊道，「再喊我拔了你的毛！」

「救命！救命！」鸚鵡叫着飛走了。

「哈哈哈哈……」看着曉星惱火的樣子，小嵐和曉晴笑得肚子都痛了。

曉星氣呼呼地說：「哼，可惡的鳥！學了幾句人話，就來污衊我。我不知多勤快呢！」

他為了粉碎鸚鵡的誣陷，馬上站了起來，跑去廚房拿了個小水桶，給纏繞在籬笆牆上的綠色植物澆水。

「喂喂喂，那邊我們已經澆過了，再澆就把它淹死了！」曉晴一見喊道。

「那我掃地好了。」曉星放下水桶，又拿起掃帚，使勁掃起來。

「呵嚏！乞嚏！你別用那麼大力氣好不好，把地上的灰塵都揚起來了！」小嵐一連打了幾個噴嚏，她捂着鼻子，看着漫天灰塵，有點哭笑不得。

「哦。」曉星吐了吐舌頭，輕輕地掃着。

「你稍等。」小嵐往院子地上灑了些水，然後告訴曉星可以掃了。

情況果然好多了，曉星再掃的時候，果然不再有灰塵揚起。曉星高興地說：「小嵐姐姐，你懂得真多。」

三人很快澆完水，打掃好屋裏屋外。然後舒舒服服地在尖尖小涼亭坐下休息了。

幼稚園忙時他們很希望有自己的空閒時間，但現在有了空閒時間，又渴望和學生們在一起那熱熱鬧鬧的場面了。三個人歇了一會兒，就覺有點無聊，曉星眼珠轉了轉，說：「好久沒玩成語接龍遊戲了，玩玩怎樣？」

「好啊！」反正閒着也是閒着，小嵐同意了。

「沒所謂。」曉晴也說。

曉星來精神了：「好，我們就來個首尾相接成語接龍吧！」

「我先來我先來！」曉星像小學生一樣把手舉得高高的，然後説，「我是鼎鼎大名的曉星，好，就用這個成語，鼎鼎大名。你們快接下去。」

　　小嵐想也沒想就説：「名，名副其實。」

　　曉晴想了想接道：「實，實至名歸！」

　　「哈哈，這個太容易了！」曉星得意地站了起來，一揮手説，「歸，歸心似箭！哇，我太厲害了！」

　　小嵐瞅了那自吹自擂的傢伙一眼，「嘖」了一聲，接道：「箭，箭在弦上。」

　　「上⋯⋯上，有什麼成語是上字開頭的？這個好難接啊！」曉晴撓着頭，想不出來，「小嵐，你幫忙接吧！」

　　小嵐點點頭，説：「上善若水。」

　　「好，那就『上善若水』。」曉晴高興地説，「小嵐厲害，這都能想出來。『上善若水』是什麼意思？」

　　小嵐説：「『上善若水』這個詞，出自古代偉大的思想家，老子的《道德經》，意思是我們做人，從思想到行為，都應當向水學習，因為水幫助萬物，而

又不和萬物相爭。最高境界的善，不單要像水那樣善良，還要對人真誠，辦事有條有理、無所不能。」

曉晴恍然大悟：「哦，原來上善若水是這樣的意思。」

曉星拍拍手：「好了好了，那我繼續接了。水，水漲船高。」

小嵐說：「高，高不可攀。」

曉晴嘟着嘴：「真倒霉，怎麼每次輪到我都這麼難。攀，有什麼成語是攀字開頭的，攀登高峯？」

曉星指着曉晴，誇張地大笑：「哈哈哈，笑死我了。姐姐，攀登高峯，這是成語嗎？」

「哼！敢取笑姐姐！」曉晴氣呼呼地捶了曉星幾下。

「曉晴，一個詞，有龍有鳳的。你想想。」小嵐提醒自己好朋友。

「有龍有鳳？哦，我想到了，攀龍附鳳！」曉晴喊道。

「對！」小嵐鼓掌。

曉晴得意地朝曉星「哼」了一聲：「現在輪到你了。鳳，快說鳳字開頭的成語。」

曉星撓撓頭：「鳳，鳳……」

曉星「鳳」了好一會兒，也沒說出來。他眨眨眼，一臉苦惱。

坐在他對面的兩個小姐姐，緊緊盯着他，想看這個張揚的臭小孩笑話。

牛皮哄哄的曉星能不能順利把成語接龍，且看下回分解哦！

第二十章
漂洋過海找公主

「啊，看，看，快看！」曉星是面向籬笆牆坐着的，本來正在苦苦思索的他，臉上突然露出驚訝的神色，指着籬笆牆喊了起來。

「嗤！」小姐姐們都嗤之以鼻。這古靈精怪的臭孩子，每次碰到尷尬的事，都會故作一驚一乍的轉移別人視線。

「有什麼好看的，想耍賴嗎，快接下去！」曉晴朝曉星扔了一個紙團。

「是呀，趕快接龍！」小嵐催促說。

「啊啊啊啊……」曉星仍是一臉驚詫，圓睜雙眼看着籬笆牆外。

這時，第六感也提醒小嵐背後出現了什麼，她一扭頭，眼睛馬上睜大了。只見籬笆牆外面，出現了幾座褐色的「小山」，那些「小山」，還是會移動的。而更奇怪的是，每座小山上都站着五六隻小松鼠。

曉晴聽見小嵐叫聲，立即轉過頭去，也頓時目瞪口呆。

　　三個孩子眼睜睜地看着，那些「小山」詭異地多了一座，又多了一座，一、二、三、四、五、六、七、八、九、十，一共十座「小山」排了一列，向着一個方向遊走！

　　「小山」在院子門外停住了，接着有一下敲門聲，兩下敲門聲，很多下敲門聲。

　　會敲門的小山？！小嵐急忙找來一張凳子，站上去朝籬笆牆外面看去。

　　「哇，好多大象，背上站着小松鼠的大象！十隻大象，還有一隻小象！小象萌萌的，很可愛。」小嵐興奮地說。

　　大家這才恍然大悟，原來那些會移動的「小山」，是大象的背脊。牠們也想來動物幼稚園嗎？這些日子來投奔的動物不少，但都是些動物界的小不點，沒想到現在來了這樣的龐然大物。

　　開門，還是不開門，這是一個很嚴肅的問題。十頭大象進了綠野仙屋，會出現什麼狀況？院子能容納得下牠們嗎？很可能，尖尖小涼亭被撞翻了，綠色

的房屋被撞塌了，那盛開着的綠葉和花朵被踩成了泥……

可是，不開，人家很友好啊，好好的敲門，好好的訪問，為什麼要把人家拒之門外？

三人組正在猶豫，隔壁的兩名守護神也被驚動了，他們趕緊跑過來，一看，馬上嚇得目瞪口呆。竟然是大象，而且是一羣大象！

保護公主！

侯安脫口而出：「前面的大象聽着，你們已經被包圍了，快放下武器投降！」

朱斯接着喊：「只要你們投降，我可以向法官求情赦免你們的。」

唉，侯安朱斯你們怎麼又來這一套，之前七隻小豬都沒理睬你，現在十一隻大象就更加不把你們放在眼裏了。看，象大大就朝小弟們使眼色——別理那傻瓜倆。

被蔑視的侯安和朱斯兩人，看看自己在大象面前顯得那麼渺小的體形，不知怎麼辦才好。

大象們在固執地敲着門，邊敲邊「哞哞哞」的叫着，牠們在說，公主姐姐快開門，我們是你的小支持

者，我們來投奔你了。從年齡上看，牠們才十五歲，而細細粒才出生十幾天，所以牠們說自己是小支持者是可以的。

坐在大象背上的小松鼠也在叫，心想：公主姐姐，我們是你的小小支持者，我們漂洋過海，我們越過萬重山，走了很遠很遠的路，找你來了！

牠們說得一點也不誇張，對一隻小小的松鼠來說，穿過小河跨過小山丘也可以算得上是漂洋過海、跨越萬重山了。

正當小嵐他們還在糾結開門還是不開門的時候，大門「吱呀」一聲打開了，原來是他們之前關門時沒有關緊，所以大象鼻子敲呀敲，門就自己開了。

十一隻大象鼻子一甩一甩的，一隻接一隻走了進來。大象背上還站了一排小松鼠。場面好震憾，小嵐幾個全看呆了。

十一隻大象把院子塞得滿滿的，但很出奇地沒發生擠塌小涼亭和小房子的事，漂亮的綠葉和花朵也照樣開得燦爛，沒被踩上。牠們雖然身體龐大，但很小心地避開了一些不能碰的東西。看來出來遊歷一段日子，牠們也漸漸知道有哪些東西不能碰了。

遠道而來的小松鼠站在大象背上，牠們一點不佔地方，所以即使院子裏已經站了十一隻大象也不要緊。

　　大象的，小松鼠的，許多雙充滿崇拜的小眼神，一下就集中在小嵐身上：她一定就是童話故事裏的公主，看，她的眼睛像天上星星一樣亮晶晶的，嘴唇就像玫瑰花瓣一樣紅艷艷的。噢，她還沒說話，不知道聲音是否就像黃鶯的歌聲一樣動聽，不過肯定是的。

　　小嵐靜靜地看着牠們，心裏充滿了疑問。大象是從哪來的？她知道離尼博村幾百公里遠的地方有個自然保護區，但這些大象住得好好的，為什麼跑了出來，還跑了這麼遠的路，來到這裏。

　　這時候，「嗒嗒嗒嗒」，走出來一隻頭戴花冠的小象。牠大大的腦袋，大大的耳朵，鼻子還不是很長，才三四十厘米左右，眼睛是彎彎的，好像在笑，牠仰頭望着小嵐，「哞」了一聲打招呼。

　　公主姐姐，細細粒好喜歡你哦！

　　小嵐一見也笑彎了眼睛，好可愛的小象啊！她忍不住伸出手，溫柔地摸着牠的腦袋，給牠最好的祝福。

「哞！」大象們興奮地叫了起來，我們也要，我們也要愛的摸摸頭，我們也要公主的祝福。牠們一隻跟着一隻，排好隊，等着公主的幸福摸摸頭。

哎呀，牠們個子太高了，小嵐踮起腳也摸不到牠們的腦袋呢！幸好侯安找來了一把梯，讓小嵐站了上去，但即使這樣，小嵐也得踮起腳，才能勉強摸到大象的腦袋。

公主的手好溫暖，大象們渾身充滿了幸福感，就像剛吃了一百斤香蕉、兩百斤桃子，三百斤西瓜。公主也把大象背上的小松鼠也摸了，小松鼠們滿足得就像剛儲備好了一千斤過冬食糧。

這時候，已經回家的幼稚園學生聽到綠野仙屋這邊的動靜，又忍不住跑來了，院子站不下怎麼辦，還是去大草坪吧！於是，本來可以享受半天假期的三名老師，為了遠道而來的客人，又上班了。

草坪上就像一場動物狂歡節，數不清的動物來了，公主姐姐和小哥哥小姐姐帶着牠們做各種好玩遊戲，講很多有趣故事，大象們好開心，好滿足，牠們終於覺得這「瀟灑走一回」的行程完滿了，再沒有遺憾。

保護大象特別行動隊已追蹤來到尼博村，看着充滿愛心的公主和她的伙伴，看着許多歡呼雀躍的大自然大小生靈，感動極了。這是亞洲象出走以來最溫暖歡樂的一幕，拍攝師趕緊拍下這人類與自然和諧共融的感人情景。

　　在尼博村休息了一晚，第二天，大象們走上了回家的路。十一隻鼻子揮呀揮，跟公主姐姐和其他小伙伴告別。

　　十一隻大象回家了，但江湖上卻留下了牠們的傳說。

　　當晚，萬卡國王從送回的大象消息裏，看到了草坪上的歡樂影片，看到了被歡樂的動物圍繞着的美麗小公主。國王開心地笑了。

第二十一章
藍月亮在行動

離開了一個月的三人組，回到了嫣明苑。看到熟悉的家，大家都覺得分外親切。

「歡迎回家！」一班小宮女在管家瑪亞的帶領下，分列兩旁，齊聲喊道。

「公主殿下，一路辛苦了。」瑪婭笑着迎了上去。

「沒事。你看家也辛苦了。」小嵐笑着說。

「謝謝公主。請殿下先洗漱一下，然後吃晚飯。國王陛下親自給你們安排了晚飯餐單，大廚們已經在準備了。」瑪婭笑意盈盈地說。

「國王會過來嗎？」小嵐問道。

「回公主，國王陛下會在七點鐘過來一起進餐。」瑪婭答道。

「太好了，萬卡哥哥今晚跟我們一起吃飯！」曉星在旁聽見了，高興地嚷了起來。

小嵐他們洗漱乾淨，來到餐廳時，見到有一個人坐在長餐桌的主位上，笑瞇瞇地看着他們。

　　「萬卡哥哥！」曉星歡叫一聲，跑了過去，「萬卡哥哥，我好想你啊，你有想我們嗎？」

　　「當然有。」萬卡笑着摸了曉星的腦袋一下。又看向小嵐。

　　那温柔的目光把小嵐看得有點不好意思了，她不禁嘟起嘴說：「看什麼呀，我臉上長了花嗎？」

　　「看你有沒有瘦了。」萬卡笑着說，「有沒有後悔參加了這個活動？要自食其力，一定很不容易吧！」

　　小嵐說：「才沒有呢！這個月過得多姿多彩，太有意思了。」

　　「是呀是呀！萬卡哥哥，你不知道，我們可厲害了。我們學會了釣魚，還學會了趕牛、犁田，學會了照顧動物，我們還讓出走的大象自動自覺地回家了……」

　　曉星手舞足蹈、姿勢助說話，嘴巴不停地，給萬卡哥哥說了綠野仙屋，說了自製孵蛋箱，說了水牛大哥，說了七隻小豬，說了十一頭大象……小嵐和曉晴

也不時補充一下。

萬卡已經從侯安的報告中，知道了發生在他們身上的每一件事，但仍然一臉笑容地聽着，還不時豎起大拇指稱讚幾句，嫣明苑裏一片歡聲笑語。

直到排成一列的大廚們，各自捧着他們的拿手好菜走進餐廳時，三人組的故事才暫時告一段落。不過，萬卡哥哥説吃完飯還想聽呢！

全是他們愛吃的菜，萬卡哥哥最知道他們心意了，於是大家飽餐一頓，然後又再説起有意義的尼博村之行……

一直聊到十點多，想説的話還沒説完，一個月的奇遇太多太有趣了，説個一天一夜也説不完。還是萬卡説他們旅途勞頓，讓早點休息，他們才依依不捨地把萬卡送到門口。

月色朗朗，萬卡突然指着天上一輪滿月，説：「咦，你們快看，月亮裏好像有些什麼！」

小嵐和曉晴曉星聽了，都抬頭望向天上的月亮，萬卡卻趁他們把注意力放到月亮上時，飛快地在小嵐額頭上親了一下，小嵐一愣，眼睛睜得溜圓。她氣哼哼地瞪着萬卡，心想：萬卡哥哥你學壞了，竟然使出

這辦法來偷親我！

　　曉晴曉星兩個笨蛋還不知發生了什麼事，還傻傻地看着月亮。肉眼看上去，月亮沒什麼特別呀，還不是亮亮的圓圓的發光物體一個。曉星看來看去實在看不出什麼來，便轉頭問萬卡：「萬卡哥哥，月亮上有什麼呀？」

　　萬卡憋着笑，咳了兩下：「咳咳，我看到月亮上有個影子，以為是小白兔。」

　　曉星狐疑地看着一臉笑意的萬卡，和似怒非怒的小嵐，覺得他們倆的神情有點奇怪，但又不知道奇怪在哪裏。萬卡說：「好了，早點睡。明天我再過來看你們。」

　　「萬卡哥哥慢走。」曉晴和曉星說。

　　小嵐沒吭聲，她還在氣鼓鼓地用眼睛瞪萬卡呢！萬卡朝她眨了眨眼，笑嘻嘻地走了。

　　旅途畢竟有點累，小嵐跟曉晴曉星說了再見，便回去睡覺了。她睡得很甜很甜，脖子上戴着的那條項鏈從領口滑了出來，靜靜地搭在枕頭上。這時，一縷月光悄悄地從窗外照了進來，落到項鏈的那個月亮墜子上。

慢慢的，月亮墜子發出了眩目的光芒，光芒在旋轉着，旋轉着，漸漸變成了藍色……

　　藍光越來越強，越來越耀眼，變成一束旋轉着的光柱，捲往窗外，飛向茫茫夜空，直奔千年之外……

　　熟睡中的小嵐，渾然不覺。

公主傳奇35

公主的綠野仙屋

作　　者：馬翠蘿、麥曉帆
繪　　畫：滿丫丫
責任編輯：胡頌茵
美術設計：李成宇
出　　版：新雅文化事業有限公司
　　　　　香港英皇道499號北角工業大廈18樓
　　　　　電話：（852）2138 7998
　　　　　傳真：（852）2597 4003
　　　　　網址：http://www.sunya.com.hk
　　　　　電郵：marketing@sunya.com.hk
發　　行：香港聯合書刊物流有限公司
　　　　　香港荃灣德士古道220-248號荃灣工業中心16樓
　　　　　電話：（852）2150 2100
　　　　　傳真：（852）2407 3062
　　　　　電郵：info@suplogistics.com.hk
印　　刷：中華商務彩色印刷有限公司
　　　　　香港新界大埔汀麗路 36 號
版　　次：二〇二二年十月初版

ISBN：978-962-08-8107-7
© 2022 Sun Ya Publications (HK) Ltd.
18/F, North Point Industrial Building, 499 King's Road, Hong Kong
Published in Hong Kong SAR, China
Printed in China